LES MILLORS OBRES DE LA LITERATURA CATALANA

9

Director de la col·lecció:
Joaquim Molas
Redacció:
Carme Arnau

PERE
CALDERS

CRÒNIQUES DE LA VERITAT OCULTA

Edicions 62, Barcelona

Aquesta col·lecció és una iniciativa conjunta
d'Edicions 62 s/a. i de la CAIXA DE PENSIONS
PER A LA VELLESA I D'ESTALVIS
DE CATALUNYA I BALEARS, "la Caixa".

Primera edició (dins: MOLC): febrer de 1979.
Vint-i-tresena edició: febrer del 2001.

Disseny de la coberta: Llorenç Marquès.
Il·lustració de la coberta: Pintura de Joaquim Chancho,
Inscripció blanc/gris (1976).
Col. Carme Boronat/Abel Figueres, Barcelona.

Peu de la Creu 4, 08001-Barcelona.
e-mail: correu@grup62.com
internet: http://www.edicions62.com
Imprès a Liberdúplex,
Constitució 19, 08014-Barcelona.
Dipòsit legal: B. 9.114-2001.
ISBN: 84-297-1462-6.

Pere Calders

Pere Calders i Rossinyol va néixer el 29 del setembre de 1912 a Barcelona, però va passar una gran part de la seva infantesa al camp, prop de Polinyà. Gràcies al seu pare, amb vocació literària, es va interessar per la literatura. Instal·lat definitivament a Barcelona, va començar els seus estudis a l'escola catalana Mossèn Cinto, on va conèixer el qui seria el seu primer mestre, Josep Peronella, que, tot revisant els seus exercicis de redacció, va encoratjar-lo a escriure. El conte *El primer arlequí,* escrit als catorze anys i publicat molt posteriorment, és el primer fruit d'aquest mestratge. Però paral·lelament a les lletres Calders va anar consolidant la seva altra vocació, el dibuix; primerament va treballar com a ajudant del dibuixant txec Karel Cerny, i després, als disset anys, va ingressar a l'Escola Superior de Belles Arts, on cursà estudis de dibuix i de pintura.

Als vint anys i gràcies a Avel·lí Artís-Gener, va entrar a formar part de la redacció del "Diari Mercantil". El director d'aquesta publicació, Josep Janés i Olivé, va ajudar-lo en els seus primers passos com a autor. Va ser ell qui li va publicar el primer conte, *Història de fantasmes o el capil·lar "Estrella",* al diari "Avui", l'any 1933, i que va ajudar-lo perquè es publiqués el seu primer llibre, un recull de contes, *El primer arlequí* (1936). Malgrat la dificultat del moment històric, que amb la guerra no fa més que agreujar-se, l'activitat de Calders es va intensificar; escriu i dibuixa en un bon nombre de diaris: "Treball", "La Rambla", "Diari de Barcelona"... L'any 1937 va ser incorporat al front republicà com a tècnic cartògraf. Aquest mateix any publica la primera novel·la, *La Glòria del doctor Larén.* La seva vocació d'escriptor es va confirmant en restar finalista del premi Narcís Oller amb el recull *L'any de la meva gràcia* i de la darrera convocatòria del Crexells (1938) amb *Gaeli i l'home déu.* Però el curs dels esdeveniments va impedir l'aparició normal d'aquestes dues obres, que van haver de quedar inèdites. Edita, però, *Unitats de xoc,* on narra les seves experiències al front.

Aquestes primeres obres reflecteixen, ja, nombroses constants de toda la producció de Calders, que provenen, però, d'una de principal: del dret incontestable de l'autor o l'home a somniar. En una sèrie d'articles publicats a "Serra d'Or" entre juliol i desembre del 1966, Calders reclama la total llibertat per al somni, entenent la creació literària com una funció onírica i distingint de manera clara i rotunda entre la vida i l'obra d'un artista (recordem que en els anys de la publicació dels articles imperava el denominat realisme històric).

I efectivament, Calders va iniciar el conreu de la literatura en uns anys particularment aptes per a aquest art, segons ell: "el quart de segle anterior a la guerra va ésser uns anys d'or per a les nostres lletres"; i més endavant hi afegeix per explicar el predomini dels elements fabulosos a les seves ficcions: "Vivíem sota el signe d'una reacció contra la prolongada etapa d'un *realisme inventat,* que en la literatura del nostre país havia pres un to rural singular." En aquests primers anys d'activitat literària podem relacionar la figura de Calders amb el grup de Sabadell, del qual és un admirador declarat. Tots plegats, i amb l'evasió de l'humor, ataquen la societat d'aquells anys més aviat reclosa i moderada i tracten d'imposar-li les formes de vida de la primera postguerra europea. Eren, doncs, uns moments en el quals un poble, amb un destí tantes vegades advers, feia esforços per normalitzar la cultura, per europeïtzar-la —herència del noucentisme, com ho és, també, el desig de fugir del que és considerat massa vulgar o prosaic en la realitat. Calders, com els avantguardistes, se sent lliure de qualsevol compromís llevat del de l'art i pensa en la literatura com a terreny per a l'especulació intel·lectual i l'experimentació formal, gràcies especialment a l'humor. Per a Calders la vocació de l'escriptor és, també, la vocació a una fidelitat: "la naixença d'una vocació veritable comporta de trobar-se amb un bitllet a les mans que lliga a un itinerari". I els seus primers models europeus —Pirandello i Bontempelli— marquen precisament l'inici del seu viatge a través de les lletres. Bontempelli, el principal representant del que s'anomenava ja aleshores "realisme màgic", desdobla la realitat, com el mateix Calders, a les seves ficcions, cap a situacions insòlites, gràcies a un acurat artifici literari. Però aquesta línia plena d'imaginació i de fantasia, que enriquia certament la literatura catalana, on mancava, és trencada brutalment per l'exili. Calders, com tota una generació, veu així malmesa la continuïtat de la seva producció.

La derrota a la guerra civil va suposar per a Calders, com per a d'altres nombrosos intel·lectuals, el camí de l'exili. Després del camp de concentració de Prats de Molló i del castell de Roissy-en-Brie, va travessar l'Atlàntic i es va instal·lar a Mèxic, on romandria vint-i-tres anys. Allà, gràcies a Josep Carner, va entrar en contacte amb el cercle literari d'intel·lectuals del país i de Catalunya. D'això en parlarà més endavant a la biografia que farà de Carner. *Cròniques de la veritat oculta* (1955, premi Víctor Català 1954) assenyala la reincorporació de Calders a la literatura catalana de l'interior i a una activitat que, després d'un llarg i dolorós parèntesi, podrà, novament, desenvolupar amb normalitat. Aquest recull és una obra clau dins la narrativa caldersiana i va representar el descobriment, per part del públic, d'un narrador extraordinari. L'humor i la fantasia propis de l'autor han guanyat amb els anys en intensitat, profunditat i ambigüitat, aquesta ambigüitat que embolcalla sempre la literatura fantàstica; i les històries es mouen en uns ambients que a voltes ens recorden Poe, a voltes Kafka i fins i tot, en algun cas, el refinament intel·lectual de Borges. El protagonista d'aquests contes és quasi sempre un home somniador i abúlic ("Cadascú basteix les seves quimeres d'acord amb les seves il·lusions més recòndites", diu un personatge), el qual, però, finalment rebutja una fantasia que podria alliberar-lo d'una vida aclaparadora, que sovint pren la forma d'un destí enfront del qual l'home no hi pot fer res. El desencant que això provoca queda, tanmateix, mitigat gràcies a l'humor. A continuació Calders publica dos reculls de contes: *Gent de l'alta vall* (1957), on la presència de protagonistes mexicans fa que al recull hi senyoregi una dimensió exòtica i inèdita fins ara, i *Demà a les tres de la matinada* (1959).

El 10 de desembre de 1962 Pere Calders va retornar a Barcelona, abandonant el seu exili mexicà, i l'any següent va guanyar el premi Sant Jordi amb una novel·la, *L'ombra de l'atzavara,* que s'aparta dels trets més característics de la seva producció habitual. Efectivament, es tracta d'una novel·la psicològica que, centrada sobre un personatge somniador i abúlic, Joan Deltell, ens ofereix un quadre de la situació conflictiva dels catalans exiliats a Mèxic, acarats amb dues opcions possibles, la d'arrelar-se, pròpia dels pràctics i decidits, i la de servar una imatge mítica de Catalunya, característica dels idealistes somniadors (com ho és Joan Deltell). Es tracta, en definitiva, d'una quimera: "crear-se una illa a l'exili i refer la vida a base de records", car tots ells han anat a parar a la categoria dels "fracassats i ofesos". *Ronda naval sota la boira* (1966) representa el retorn de Calders a l'estil tan peculiar dels seus contes. L'any 1967 publica una novel·la curta d'ambientació mexicana, *Aquí descansa Nevares,* que es pot relacionar pels seus plantejaments amb *Gent de l'alta vall.* Calders publicà, també, una biografia de Josep Carner (1964), on inclou experiències seves de Mèxic. Entre la seva producció posterior, destaquen l'espectacle *Antaviana* (1978), a cura de Dagoll-Dagom, *Invasió subtil i altres contes* (1978), *Tot s'aprofita* (1983), *De teves a meves* (1984), *Un estrany al jardí* (1985) i *L'honor a la deriva* (1992). L'any 1986 es publicà per fi *Gaeli i l'home déu* i el 1994 reeditá *La Glòria del doctor Larén*.

L'itinerari de Pere Calders escriptor és la història d'una difícil fidelitat a una llengua i a una vocació. Des de molt jove es va traçar una línia, que ha seguit malgrat les dificultats que això sempre suposa i encara més en aquest cas. Per a Calders, com per a Joyce, "la història és un malson del qual em voldria despertar", i l'autor se sent lliure de qualsevol compromís llevat del de l'art. Enfront d'una realitat quotidiana que li sembla trista —segons ell "acord mundial"— ha provat de fugir-ne amb la imaginació, la fantasia i l'humor. Tanmateix el seu és un humor reflexiu, gràcies al qual aconsegueix de penetrar profundament en les capes de l'ànima i de reflectir, en definitiva, la condició humana. Reconeixements de l'alta qualitat dels contes de Calders són llur traducció a nombroses llengües (anglès, alemany, portuguès, búlgar, rus, txec...) i els premis rebuts: Víctor Català (1954), Sant Jordi (1964), Premi de la Crítica (1968), Lletra d'Or (1979), Premi Crexells (1986) i el Premi d'Honor de les Lletres Catalanes (1986).

Pere Calders, que era casat en segones núpcies amb Rosa Artís-Gener i tenia quatre fills, va morir a Barcelona el 21 de juliol de 1994.

C. A.

CRÒNIQUES DE LA VERITAT OCULTA

Primera edició: Barcelona, Editorial Selecta, 1955.

I. LA IMPREVISTA CERTESA

EL DESERT

A la fi d'un mes de juny amable, aparegué l'Espol amb la mà dreta embenada, marcant el puny clos sota la gasa. La seva presència, plena d'aspectes no coneguts abans, feia néixer pressentiments, però ningú no podia imaginar l'abast del cop que l'ajupia.

L'expressió del seu rostre, que no havia suscitat mai cap interès, prenia ara l'aire de victòria plena de tristesa tan propi de les guerres modernes.

El dia en el qual la seva vida sofrí el canvi no havia estat anunciat en cap aspecte. Va llevar-se amb el mal humor de sempre i passejava pel pis, del bany al menjador i del menjador a la cuina, per veure si el caminar l'ajudava a despertar-se. Tenia un dolor al costat dret i un ofec lleuger, dues molèsties que sentia juntes per primera vegada i que creixien tan de pressa que l'alarma el desvetllà del tot. Arrossegant els peus i recolzant-se en els mobles que trobava, retornà a la cambra i s'assegué a la vora del llit per a començar una agonia.

La por va cobrir-li tot el cos. Lentament, la salut se li enfilava per l'arbre dels nervis amb l'intent de fugir-li per la boca, quan es produí a temps la rebel·lió de l'Espol: en el moment del traspàs, aferrà alguna cosa amb la mà i va tancar el puny amb força, empresonant la vida. El dolor del costat cessà i la respiració esdevingué normal; amb un gest d'alleujament, l'Espol va passar-se la mà esquerra pel front, perquè la dreta ja la tenia amatent a una nova missió.

La prudència aconsellava no especular amb possibilitats massa diverses. Estava segur, des del primer instant, que una sola cosa valia la pena: no obrir el puny per res. En el palmell s'agitava lleument, com un peix petit o una bola de mercuri, la vida de l'Espol.

Per tal d'evitar que un oblit momentani pogués perjudicar-lo, adoptà l'artifici d'embolicar-se la mà, i, tranquil·litzat a mitges, va traçar-se un pla provisional de primeres providències. Aniria a veure el gerent de la casa on treballava, demanaria consell al metge de família i als amics, i procuraria anar posant el fet en coneixement de les persones amb les quals l'unien més lligams.

Així fou la nova aparició de l'Espol. Amb la cara transformada (un estupor tot natural no va deixar-lo més) caminava pel carrer amb la mirada absent. Els ciutadans, a despit d'estar acostumats a veure tantes coses, intuïen que aquella bena era diferent i sovint es giraven per mirar-la d'una manera furtiva.

Avui, a mig matí, el gerent escolta la relació amb un interès progressiu. Quan l'Espol li diu que es veu obligat a deixar la feina perquè ja no podrà escriure mai més amb la mà dreta, replica:

— No veig la necessitat d'anar de pressa. Això, de vegades, se'n va de la mateixa manera que ha vingut...

— És definitiu —contestà l'Espol—. El dia que desclogués el puny per agafar la ploma, se m'escaparia la vida.

— Podríem passar-lo al departament de preparació i connexió de subcontractes de compra.

— No.

El gerent, que fa prop de cinc anys que espera una oportunitat per treure l'Espol, es resisteix ara a prescindir-ne. Primer es mostra conciliador, després insinua augments de sou (sense comprometre's massa) i acaba cedint del tot. Podien acordar una ampliació de les vacances i anticipar-les.

— No.

— I com es guanyarà la vida?

— La tinc aquí, ara —diu mostrant el puny dret—. És la primera vegada que la puc localitzar i he de trobar l'estil de servir-me'n.

 Mentre surt del despatx, el segueix la veu del patró,

que, encuriosit, li demana que no s'oblidi de tenir-lo al corrent.

Una hora després, el metge de la família escolta el relat amb una atenció freda. Està cansat, cansat de tantes històries de malalts i va fent que sí amb el cap, formulant a intervals preguntes i preguntes perquè sí: "Tusses a les nits?", "Has tingut la diftèria?", i d'altres igualment impregnades de misteri. Al final, opina que es tracta d'una pertorbació de tipus al·lèrgic, prescriu un pla de nodriment i, de més a més, aplica a l'Espol 500.000 U. I. de penicil·lina. A punt d'acabar la visita, parla d'una escola suïssa per a incapacitats parcials, on ensenyen a escriure amb la mà esquerra en un període aproximat de sis mesos.

Altra vegada al carrer, l'Espol sent l'encantament d'una nova importància que el revesteix. S'encamina a casa de la seva promesa i li ho explica tot. Ella té d'antuvi una rauxa de sol·licitud maternal; s'entesta a aplicar draps calents damunt la mà tancada, i, davant la negativa de l'Espol a consentir-hi, diu que aquella bena és horrible i que li teixirà un guant per a puny clos, sense dits. La noia s'entusiasma amb la idea i es desentén de la presència d'ell; crida la seva mare i li diu:

— Mira: a l'Enric, se li escapava la vida i va ésser a temps d'agafar-la amb la mà. Ara l'ha de dur sempre tancada perquè no li fugi definitivament.

— Ah!

— I jo deia que podríem fer-li una bossa de punt, d'un color suau, perquè no hagi de portar aquesta gasa.

La mare hi pren un interès discret.

— Sí —opina—, com allò que vam fer per la Viola quan es va trencar la pota.

Mare i filla inicien un apart. L'Espol, abandonat, se'n va i l'acompanya fins a la porta la remor d'unes paraules: "Punt d'arròs? No. Ull de perdiu... Tants punts i minvar, tants punts i minvar..."

Maquinalment, trepitjant la sorra invisible, l'Espol se'n va a casa del seu millor amic. El troba i li explica el singular succés. I l'amic (mai ningú no sabrà per què) sent enveja i li dóna per parlar d'altres coses: "Res, distreu-te. A mi sí que —pel maig farà dos anys— va passar-me un cas realment extraordinari. Un dilluns..."

Mentre enraona, pensa el partit que ell trauria d'una situació com aquella, i el marriment li va opacant la veu.

Vet aquí un silenci, trencat pel levíssim oreig que ondula les dunes. L'amic fa veure que el tedi l'abalteix i ni escolta el visitant, que, tot anant-se'n, diu:

— És la vida, saps? Aquí, mira —i estén el puny i l'alça a l'altura dels ulls—. Ara mateix la sento, com un grill. Si tanco els dits amb força, torna a començar l'ofec.

Se'n va, perquè necessita respirar l'aire lliure. La ciutat és gran, i ell camina cap a l'est; de passada, veu la botiga d'un llibreter conegut seu. El llibreter no és àgil d'esperit i pensa, pensa... Després, s'acosta a l'Espol i amb l'índex estès li toca el puny.

— Fa mal?

— No.

L'home entra de sobte en un estat d'exaltació. Amb el rostre il·luminat, agafa l'Espol pel braç i explica:

— D'un cap de segle a l'altre, tothom fa el que li sembla. Però jo, si fos de vós, pujaria al terrat de casa, em trauria la bena i així que passés el primer vol de coloms obriria la mà.

Quan torna al carrer, la solitud poblada li entela el cor. La placa indicadora d'un òmnibus li recorda una adreça familiar, i corre per atrapar el vehicle. Una germana de la seva mare habita una casa prop del parc de l'Est. És una dona vella, que es complau a viure rodejada de treballs de marqueteria, de mobles amb incrustacions de nacre i de parets entapissades de vellut vermell. La dama distreu els ocis fent fruites i sants de cera, que tanca en campanes de vidre amb peanya de caoba.

L'Espol saluda la seva tia besant-li la mà i comença la relació sense més preàmbuls. D'antuvi, la senyora expressa un criteri tancat; aconsella deixar-se de beneiteries, treure's la bena i obrir immediatament la mà.

— Només de pensar-hi em ve un cobriment de cor...

— Inútil! Un home ha d'ésser un home i fora. Què? Voldràs durar així? La vida s'ha d'orejar, i si la vas portant encofurnada t'apagaràs com un ble curt, sense pena ni glòria.

I riu amb un posat seriós, tot estirant-se les mitenes.

"Treu-te la bena, treu-te la bena..." Un raig de llum reprodueix un reflex rar en els ulls de la dama, i l'Espol coneix el primer miratge. A poc a poc, es va desembolicant la gasa, però quan ja té la mà lliure el deixondeix el soroll d'un motor d'avió i emprèn la fugida.

Sense la protecció de la bena li augmenta la por latent. Prem els dits i, per estar més segur, es posa el puny a la butxaca.

El vent, apagat per tothom menys per ell, alça la sorra, i l'Espol es protegeix mig cloent els ulls. Deixa un clap de palmeres a la seva dreta, travessa el parc i el comença a torturar la set. Camina, camina enfonsant els peus, i sent com li cruix la pell resseca del rostre. En l'erm eixut del seu pensament, petites llums s'encenen d'ací i d'allà i s'extingeixen de seguida; li entra la nostàlgia de quan portava la vida sense sentir-se'n, i la calor l'oprimeix.

Una música llunyana li fa alçar el cap, i veu la silueta d'una caravana de gent i camells que s'acosta. Sent que li estiren l'americana i, en tombar-se, troba la mirada esbalaïda d'una petita captaire. L'Espol, en plena desesperança, s'ajup i ho explica tot a la nena, demanant-li consell.

—Jo —diu ella— posaria el puny dins una gerra d'aigua i esperaria un somni sense temps.

Una refracció inexplicable els volta d'ombres, i l'Espol reprèn camí; en el paisatge desolat que li pertany, el simun fa anar en revoltí les coses i les idees. Els camells s'acosten lentament, i ell s'asseu per veure'ls passar. El so d'un timbal trenca la boira baixa de sorra, i unes lletres vermelles ratllen les ninetes de l'Espol: "Circ Donamatti. Tres pistes, tres. Pròxim debut."

Està a punt de deixar-se vèncer per l'ensonyament, mentre segueix la parada amb un lleu moviment de cap. Una trapezista rossa, muntada a cavall, li fa un gest de salutació amb la mà, ple de gràcia, i l'Espol, distret, correspon estirant el braç dret i descloent el puny.

Un floc de color d'ambre s'escapa, i ell, sobresaltat, intenta agafar-lo, però no ho aconsegueix. S'aclofa a poc a poc, amb l'angúnia inexpressable d'haver oblidat oberta una gran clau de gas.

1952

LA RATLLA I EL DESIG

Poc després d'haver passat el Coll d'Area, van venirme ganes de contar la història de la casa i de la dona meva, i de tot allò que havia perdut amb el miratge. Al meu costat seia un home vell; durant quilòmetres i quilòmetres, havia conservat un mutisme gairebé enemic dels qui l'acompanyàvem —i tenia una mirada quieta, com si els records de llum que conservava no es deixessin dominar per la mobilitat del paisatge.

Vaig posar la mà damunt d'un dels seus genolls i em vingué un calfred. Els sotracs de l'òmnibus s'havien aliat amb els seus ossos i els vaig sentir sota el palmell, dansant al mateix ritme.

— Escolteu: tinc ganes d'explicar-vos un episodi... Anava a dir un fet de la vida real, però em fa por que a vós no us ho semblarà, com als altres.

El vell girà el cap. Qui sap si em va veure, perquè els seus ulls seguien absents, malgrat que podia emmirallar-m'hi.

— Per què? —em va preguntar. I afegí—: Fa més de cinc anys que m'hauria d'haver mort, i sé totes les històries. Què hi podríem guanyar?

— No ho sé. Potser consell.. —vaig dir-li.

(Això era fals, i la hipocresia, com sempre que en faig ús, m'envermellí les galtes. En realitat, el que cercava era referir aquella cosa extraordinària, com ara.)

El vell, que tenia les mans creuades damunt del puny d'un bastó de nusos, va alçar-ne una, per expressar —n'estic segur— que tant li feia. Un viatjant de comerc que seia davant nostre tingué un desconcert ocasionat pels nervis. De primer, inicià el gest de treure's el mocador, però a mig fer-ho es repensà, va encendre una cigarreta i, després d'extreure'n dues glopades de fum, va llençar-la per la finestra.

— Bé, doncs; ho contaré —sabia que ja no podrien aturar-me—. Jo sóc agrimensor. Ningú no m'ha preguntat mai, amb tantes vegades d'explicar-ho, per què tinc aquest ofici i, de bo de bo, si algú es decidia a fer-ho no sabria què contestar-li. Potser és que venim al món a cobrir vacants i cada u s'ha de resignar amb la que li toca. Hi ha la vocació, és clar, però jo hi crec d'una manera limitada. Si, a l'edat de triar, la vocació decidís, hi hauria més bombers i soldats de parada dels que fan falta.

Vaig casar-me així que es presentà l'avinentesa, i, com que en aquell temps no tenia gaires maldecaps, el meu fou un casament per amor. És cosa sabuda que la Providència vetlla en aquests casos, i, tot just acabava de prendre nou estat, un gran terratinent contractà els meus serveis. Una de les seves finques comprenia tres muntanyes de prestigi europeu, i ell feia temps que tenia llogada una brigada per a fer uns alçaments, la naturalesa dels quals no detallaré perquè he observat que això causa fatiga als profans. I s'esdevingué que la persona que dirigia els treballs va tenir diferències, per una seva manera de fer, amb l'amo de les terres, i aquest, que era un home irritable, va acomiadar-lo. Aleshores, una feliç cadena de coneixences em relacionà amb el milionari. Prenguérem acord i establírem un tracte mitjançant el qual jo m'obligava a viure, mentre durés la feina, en una casa enclavada en la seva propietat.

La casa era de fusta, excepcionalment ben construïda. Un gust despert havia tingut cura de fer-la bonica, i ho era de veres; tot l'exterior estava pintat de color roig indi, amb els marcs de les portes i finestres blancs. La teulada... Però no la descriuré tota perquè cadascú podria treure de les meves paraules una impressió diferent, i la casa en produïa una de sola: vivint-hi, els dies transcorrien com una cinta d'amics. L'ambició per a les coses d'aquesta terra s'esmorteïa i, en el seu lloc, una flama quieta mantenia quimeres que no treien la son ni la gana.

La casa estava situada en una petita vall que servia de

llit a un riu com els que s'acudeixen a tots aquells que pensen en un lloc ideal per a viure. El camí que hi portava feia solc en uns prats de bon somni. Encara ara m'acluco d'ulls i ho veig tot com si ho tingués parat damunt d'una taula meva, amb aquells colors i els moviments que l'oreig donava a les fulles dels arbres i als trossos de cel en el riu. I encara ara, tot pensant-hi, no em sé avenir que en un marc com aquell pogués passar-hi "allò".

(El viatjant de comerç va alçar les espatlles i formulà una opinió banal: —No hi veig l'estranyesa —digué—. Un mateix escenari serveix per al drama i per a la comèdia, o per a un repartiment de premis escolars—. Anava a explicar una experiència per il·lustrar-nos, però el vaig tallar amb la represa de la meva narració.)

...És curiós observar amb quina freqüència la felicitat més perfecta precedeix els mals moments. La meva esposa trobava grats el lloc i la casa, i va adaptar-se a una manera de fer domèstica que servia tots els anhels; i així aconseguí que l'amor que li tenia anés creixent.

Van passar uns mesos que no explico mai, perquè quan s'estimula l'enveja dels altres es comet una mala acció doble: fer néixer un sentiment reprovable i, al mateix temps, trobar-hi complaença.

Va venir un moment en què la feina em portava lluny de la casa. Sortia de bon matí, a cavall, i recorria els quinze quilòmetres que em separaven del campament de la brigada. I, a desgrat que no podia tornar fins al vespre, la reserva de benestar que m'havia proporcionat, durant aquell temps, la vida de família m'acompanyava a totes hores. És més (i heus aquí, per altra banda, un fenomen ben conegut): després d'una jornada més llarga, les ganes de reveure la meva llar i tot allò que significava em donaven una exaltació abans desconeguda.

Deixava la feina que encara era dia clar, i el cavall, no sé per quin obscur instint, devia sentir necessitat de subratllar la meva eufòria i emprenia un trot que a mi em semblava una col·laboració conscient a la meva impaciència.

A mi, la vista de la naturalesa i, en particular, els paisatges de muntanya m'encomanen una barreja de lirisme i d'inquietuds agràries, i al costat d'imatges que em semblen molt belles em vénen idees de grans repartiments de terres. Feia camí alternant el vaiverejar d'aquests pensaments i omplint-me els ulls amb la gamma de verds que, seguint els corrents de l'estació, oferia canvis subtils a una mirada experta. Cada vegada, abans de guanyar la meitat del camí, m'aturava a contemplar la posta de sol i, després, esperonava el cavall per vèncer les fites de la meva ruta: els tres pins, la creu de terme, la caseta dels peons caminers, les runes de la masia, la font i tots els heralds silenciosos dels meus retorns.

De lluny veia les finestres il·luminades de la casa i la claror rogenca que sortia de la xemeneia. A mesura que m'hi acostava podia distingir la silueta de la meva dona en el marc de la porta; li feia senyal amb un llum portàtil i ella alçava el braç per donar-me la benvinguda.

I això cada dia. Enteneu? Cal fer-se càrrec de la vulgaritat d'aquesta etapa per a comprendre la justícia de la meva queixa i el rigor amb què vaig rebre tracte de qui sap quins poders superiors. No podia haver-hi engany dels sentits perquè, per ofici, la gent de la meva professió tenim l'habitud de mesurar la terra, i jo sabia la llargària del camí, llegia les seves corbes i desnivells i podria ferne el pla de memòria. I quina explicació tindria, doncs, aquella cosa fora d'ús i costum que va passar-m'hi? Però ja ho jutjareu vosaltres...

S'esdevingué després d'un dia particularment agitat. Havíem fet unes triangulacions que exigien grans desplaçaments; l'endemà s'esqueia la festa d'un sant, i els poblets de les valls la celebraven com la millor de l'any. Els homes de la brigada m'havien demanat per assistir-hi i els vaig respondre que no podien abandonar el campament ni deixar la vigilància de les eines i dels instruments que utilitzàvem. Però ho tenien tot previst: dos dels peons havien ofert quedar-se per establir unes guàrdies, i com que, de fet, la irradiació de la festa abastava a una àrea molt extensa no podia fer-hi oposició.

A mi mateix va seduir-me la idea d'aquell lleure i, aleshores, per conciliar el concepte del meu poder de director amb allò que de debò desitjava, vaig dir-los que si en el curs del dia acabàvem una determinada tasca accediria a la petició.

Treballàrem amb el delit del premi establert i vam

aconseguir allò proposat. Vaig mirar a les tendes mentre els peons i els capatassos s'allunyaven cavalcant, i, després de donar unes darreres instruccions als vigilants, vaig emprendre una tornada de la qual em recordaré sempre.

Mai com llavors no havia sentit amb tanta força la joia que abans he intentat descriure. Era més tard de l'hora acostumada, i una colla de circumstàncies contribuïen a donar intensitat a les meves ganes d'arribar. El dia anterior, la meva esposa se m'havia planyut per primera vegada del temps que passava sola; me la imaginava inquieta, recolzada al marc de la porta i fent un esforç per albirar-me. Em plaïa intuir les paraules que ens diríem, el seu repte per la meva tardança i com jo calmaria el seu enuig amb la nova de la festa.

No sé si fou en virtut de la pressa que jo li encomanava, potser sense adonar-me'n plenament, o bé degut a la seva capacitat de comprendre'm, el cas és que el cavall començà a galopar insòlitament. Això fou l'única causa lògica, amb una explicació fàcilment compartible, d'alguna de les coses que van ocórrer: al cap de poca estona de camí, en passar un revolt que vorejava un barranc molt profund, va esllavissar-se un tros de marge i el cavall perdé l'equilibri. Vaig tenir el temps just d'arrapar-me, no podria dir on, herba o branca, i reguanyar el camí amb una contracció. L'animal s'estimbà i no em quedava cap dubte sobre allò que li havia esdevingut; coneixia prou bé el lloc, sabia que no podia sortir amb vida de la caiguda i, a desgrat de tot, sovint em faig retrets per no haver baixat fins al torrent a buscar el cavall, per tal d'acabar, si s'esqueia, el seu sofriment.

Però en aquells moments la contrarietat va fer-me una ràbia incontrolable i les meves preocupacions eren d'una altra mena. En dia normal, hauria tornat al campament en recerca de nova cavalcadura, però aleshores sabia que no n'hi havia cap i que aconseguir els homes que les portaven em costaria gairebé tanta feina com anar a peu fins a casa. Amb l'enfolliment que em donava un despit que no sabia contra qui dirigir, vaig emprendre la marxa.

És estrany com un canvi, per petit que sigui, de vegades ens presenta l'altra cara de les coses que ens són familiars. La terra que trepitjava, els marges i els arbres, sota la mitja llum del capvespre que tantes vegades els havia posats sota els meus ulls, em semblaven diferents. I no voldria que això que us dic donés la impressió que, en virtut d'un estat d'esperit especial, pogués explicar-se el que succeí; tenia una noció ben clara del lloc on era, de la distància que havia recorregut, de la que encara faltava i, sobretot, amb una precisió que em donava el costum del treball, la relació existent entre el ritme dels meus passos, els minuts que transcorrien i cada metre que em calia fer.

De sobte vaig adonar-me que tenia el turmell dret adolorit i que això em destorbava la marxa. Veia que no havia sortit il·lès de l'accident i només podia atribuir a l'excitació el fet de no haver-me'n adonat fins aleshores.

No podia explicar el meu neguit. Eas difícil fer-se'n càrrec ara, tal com estem, ben asseguts i acompanyats, amb la claror del sol que ens vetlla. De vegades, algun interlocutor m'ha fet l'observació que no era cosa per amoïnar-s'hi, que, després de tot, seria raonable sentir una satisfacció dominant pel fet d'haver-me ben deslliurat d'un pas que em podia reservar a mi la sort del meu cavall. Però jo li he preguntat —i ho pregunto ara: ¿Us heu trobat mai a ple camí, amb la nit a punt de cloure's i el silenci de grans boscos que us espera, amb l'obsessió que una persona estimada passarà una angúnia que no podeu aturar amb cap avís? I tot això amb un sofriment físic que em privava de seguir la pressa del meu anhel i un pressentiment indefinible que tractava de posar alerta el meu esperit.

Va fer-se fosc i jo seguia amb la voluntat d'accelerar el pas cada vegada més comptant les hores que em caldrien per a cobrir les etapes conegudes; els tres pins, la creu de terme, la caseta dels peons... Vingué un moment en què clavava obstinadament la vista en la foscor del cel perquè la identificació de les ombres a banda i banda del camí feia més persistent el record de la distància i del temps.

I així, amb la mirada alta i perduda, és quan vaig veure la ratlla de la llum. Fou cosa d'un instant: la sorpresa de la ratlla, la revelació immediata que es tractava de la caiguda d'una estrella i la reminiscència supersticiosa que m'obligà a formular el desig de trobar la casa i l'esposa esperant-me després del primer tombant del camí.

Per joc, gairebé tothom ha procedit d'una manera

semblant a la contemplació del fenomen. Per joc, després del vague impuls respectuós que em féu aclucar els ulls per donar més força a la petició, vaig acordar que fingiria creure trobar realment el que havia demanat al final d'aquella corba, que després concediria a una altra corba una virtut semblant i així, escurçant les etapes encara que les multipliqués, potser distrauria la meva inquietud.

Això és el que pensava. Però en el lloc assenyalat vaig veure els rectangles il·luminats de les finestres, la claror roja de la xemeneia i, retallat a la porta, el perfil que jo estimava tant.

Una mena d'estupor em va impedir de meravellar-me massa. Amb el llum vaig fer el senyal de sempre i ella alçà el braç amb el gest acostumat. En atansar-m'hi, recordo que vaig preguntar: "¿Què feu, en aquest lloc, tu i la casa?

No m'atrevia a passar la llinda; la meva esposa va donar a la seva abraçada un aire més protector que mai i féu com si comprengués qualsevol cosa que a mi pogués passar-me. Volgué saber si havia treballat gaire aquell dia, i, en respondre-li que sí, va dir-me que em tranquil·litzés, que aleshores no havia de tenir altra preocupació que el descans.

Per tal d'aclarir de seguida una situació tan singular vaig dir-li la veritat: que el lloc on ens trobàvem era almenys vuit quilòmetres lluny de casa nostra i que jo havia desitjat d'ésser-hi més aviat en veure caure una estrella.

"A casa nostra és aquí —contestà amb veu serena —on som tu, jo i la nostra llar." Per desenganyar-la vaig mostrar-li la banda de ponent, on una levíssima claror retallava el perfil d'una muntanya. "L'has vist mai, el coll d'Area, des del portal de casa?"

Ella va mirar sense fer cap esforç i digué que l'endemà, amb claror de dia, tindríem més elements per a discutir-ho. Tot seguit s'interessà pel cavall i, quan li vaig haver explicat la desgràcia, em passà la mà pel cap. "T'has fet mal?" "No és el que et penses." Que un cop qualsevol m'hagués afectat l'enteniment seria una explicació massa fàcil.

Jo em resistia a entrar perquè una preocupació tota natural m'anava dominant. "Mira la taula parada" —em digué ella. "Hi ha un sopar que t'és grat. Sents l'olor?"

És clar que hi veia i hi sentia! Però m'era impossible distreure'm menjant de gust i, després, anar a dormir i reprendre la cavil·lació l'endemà. Perquè, si la realitat de la meva vida era allí, ¿quina ficció hi havia tan forta al capdavall dels vuit quilòmetres? I a la inversa: si allà a baix hi havia la veritat i el bon curs de les coses, què representava el miratge?

Vaig dir que no trobaria repòs fins després d'haver fet tot el camí, deixant de banda els miracles, i que em calia prosseguir sense entretenir-me gens. Ella volgué acompanyar-me, i m'hi vaig negar: "Tu queda't aquí, vigila 'això' i espera'm. Sigui el que sigui, ja et vindré a dir alguna cosa." Va posar-se a plorar i va allargar-me una agulla amb un camafeu que jo li havia regalat. "Té —va dir—. Porta aquesta penyora del meu amor; no te'n separis i que la contemplació et recordi la meva espera."

(El viatjant va demanar-me, qui sap per què, detalls sobre l'agulla. Vaig mostrar-la-hi i ell se la mirà breument. "Allò que no entenc —digué— és que si el vostre desig era trobar la casa allí no us resignéssiu amb la seva satisfacció, tot derivant-ne alegria."

Vaig dir-li que tothom ha desitjat de volar amb el propi impuls una vegada o altra, però que si algú, batent els braços, aconseguís elevar-se uns quants metres, voldria tornar a terra de seguida.)

Un frenesí inexplicable guiava els meus passos. A intervals tombava el cap i veia les clarors de la casa que s'empetitien per l'allunyament fins que un petit turó les féu desaparèixer. En aquell moment, vaig alentir la marxa; un retorn del seny despert va donar vida a les reflexions i vaig començar a creure que després de tot era possible que un estat físic especial alterés d'aquella manera el meu esperit. Sense deixar de caminar em passava la mà pels cabells, pel front, pertot arreu on una lesió no descoberta em pogués lligar l'enteniment, amb l'esperança ben mesquina que, amb la clarividència, em succeiria la mateixa cosa que amb el turmell: localitzaria de sobte un punt dolorós i podria alliberar-me del vel.

Però no hi ha ningú que amb el simple joc del pensament alteri el seu destí, i el meu havia entrat en un giravolt implacable. Quan m'anava ajudant amb més força la idea d'un trastorn passatger ocasionat per la caiguda, el feix de llum que em precedia dibuixà el basament de la creu de terme. Vaig alçar el llum, vaig repassar el contorn de pedra i, perquè no hi hagués engany dels ulls, vaig repassar la mà pels relleus de la taula amb tanta insistència que els palmells em quedaren adolorits molta estona.

Era important d'establir la veritat de la seva presència perquè la creu estava situada en el lloc més alt i gairebé a la meitat del meu camí dels altres dies. Girant-me m'havia d'ésser possible de veure les finestres de la casa que acabava de deixar. Però es necessitava coratge per a fer una comprovació el valor de la qual coneixia tan bé, i van transcórrer uns quants minuts abans no vaig decidir-me a fer-la. I mireu si tenia raó jo, i fins a quin punt no havia estat víctima d'un engany dels sentits, que els punts de llum eren allí, marcant la casa en un pla per sota el lloc on em trobava i en el qual ni aquell matí ni mai no hi havia hagut sinó l'herba i la terra.

Em vingué un cansament total. Vaig asseure'm sota la creu, per veure si podia ordenar les meves inquietuds; volia tornar a casa, però on era el meu retorn: a l'est o a l'oest del camí? Volia seguir endavant, però això no em portaria el repòs de l'ànima, fos el que fos allò que trobés al final de la ruta de cada dia. Si hi havia la casa voldria tornar al lloc que acabava de deixar, i, si no hi era, quelcom s'hauria trencat per sempre, perquè per a mi la vida de família estava composta per esposa, casa i paisatge, i l'alteració d'un sol d'aquests elements destruiria l'equilibri que em tenia enamorat. Em veia fent i desfent per sempre aquell camí, trobant qui sap què a cada extrem i sense poder fixar el valor de les troballes. Incapaç d'emprendre una lluita semblant, vaig anar-me'n a ciutat amb l'esperança que algun amic o conegut em donaria consell. Però fins ara ningú no ha sabut fer-ho, i jo, de tant en tant, vinc aquí amb una nova empenta, creient que podré aclarir-ho tot, però es presenten novament els dubtes i acabo per recórrer una vegada més, com a fugida, al parer dels altres. Què creieu que podria fer?

El viatjant digué que era difícil: un cosí seu al qual havia passat una cosa que, sense ésser igual, també creava dificultats, la família, després de reunir-se, l'havia enviat a Amèrica.

I el vell, que durant tota la relació havia mantingut el seu mutisme, va mirar-me i digué:

— Els joves viviu en una mena de plat de poc fons i tot va bé perquè us hi ofegueu. Això que us sembla tan extraordinari ha passat milers i milers de vegades i cadascú adopta la solució que va més d'acord amb el seu temperament, com en totes les coses. Un poeta acceptaria allò demanat i obtingut de l'estrella, i la casa a mig camí hauria estat casa seva, amb eliminació de tota altra. Un home de preparació científica, per exemple, sigui el que sigui allò que es presenta mentre camina, troba la seva casa allà on sap que ha d'ésser, al capdavall dels quilòmetres que calguin. D'acord amb aquestes reflexions, podeu multiplicar exemples i triar...

L'òmnibus arribà a la parada final. En acomiadarme, no vaig poder reprimir l'efusió: vaig abraçar el vell i li vaig donar les gràcies per les seves paraules.

Vaig llogar un cavall i, als defores del poble, a l'encreuament de camins, em vaig aturar un instant davant l'indicador per llegir el rètol: "Vall d'Area", mentre acaronava el camafeu. Ja anava a fuetejar el cavall quan tot de preguntes em turmentaren novament. Perquè, fins a quin punt em sentia poeta o agrimensor? O bé ¿quina altra cosa podia ésser en el fons, que em pogués assegurar una tria afortunada?

1947

LA CONSCIÈNCIA, VISITADORA SOCIAL

Per una escletxa prima, un raig de bonhomia il·lumina l'esperit de Depa Carel·li, l'assassí.

Es deixondeix estirant els braços, com tantes i tantes persones normals, i, ben bé de passada, aparta el petit escrúpol i es limita a pensar que possiblement es repetirà aquella visita, a punt d'esdevenir familiar.

Per la finestra de la seva mansarda, mira el despuntar del dia en el paisatge de terrats, i el mandrós desplegar-se dels fumerols de cada xemeneia, les tentines de bandera dels llençols bressolats per l'oreig de l'alba, i qui sap quin encís que es desprèn del perfil d'una muntanya llunyana l'inclinen cap a la poesia. Una mena de poesia, és clar. Allarga un dit i prem el dispositiu que para el timbre del despertador.

Aleshores, el primer silenci de la jornada li retorna una cavil·lació del vespre anterior. Usarà la corda, avui, o l'arma de foc o la blanca? La feina és senzilla, però la llarga tradició de l'arma blanca li fa fer un somriure aprovador; s'alça, obre el calaix d'una taula esvinçada i en treu un manyoc de punyals i ganivets. La contemplació d'un d'ells li dóna la lleu esgarrifança que provoquen de vegades els tendres records de joventut. Una llegenda opaca la brillantor de la fulla de dalt a baix: "A Depa, perquè tingui present, cada vegada, l'amor de la seva Coloma. 10-11-04."

"Coloma, Coloma!" Clou els ulls evocant l'idil·li i el desenllaç, els set anys de reclusió a Santa Lèdia i la fuga a través de les dunes marítimes. Guarda l'eina, únicament, per aquest lligam sentimental, perquè una gran osca es menja una part de la "l", de la segona "o" i de la "a" del nom de la seva antiga enamorada. Una taca de rovell prop de l'empunyadura li encomana sempre el dubte de si es tracta d'una relíquia de la sang d'ella.

Pel que necessita en aquesta ocasió, li anirà bé el tallapapers d'or de Toledo, hàbilment esmolat. L'agafa i l'esgrimeix amb un gest d'assaig ple d'experiència, i quan té el braç endarrera, a posta de carregar el pes del cos per donar al cop el bon impuls necessari, el deixa glaçat una coneguda sensació: és com si milers de pinzells de pèl de marta li resseguissin l'esquena fent-li un pessigolleig metafísic. "Deu ser ell!" Es gira i, en efecte, es topa amb l'àngel.

En diu "l'àngel" per expressar la seva hibridesa, però s'adona que en cap història sobrenatural no se'l podria classificar així.

La figura mou el cap i un dit negativament, i, amb una veu sense sexe, diu;

— No facis això, Carel·li. Mira que encara hi ets a temps.

Ell se'l mira gairebé sense sorpresa. La mateixa mena de bata blanca fins als peus, amb una roba de punts lluminosos que el fa pensar en la manera com s'interpreta la neu en els aparadors nadalencs, i els cabells rossos a la romana, amb el caient senyor de sempre. Li repassa amb la mirada les galtes rosades, les pestanyes llargues i, penjant del braç dret, el conegut maletí de pell vermella. Com cada vegada, a desgrat de trobar-ho ell mateix estúpid, se li acudeix un qualificatiu francès que li sembla el més definidor de tots: és un àngel *démodé*. Exactament.

Fa temps que, pensant-hi, va arribar a la conclusió que es tractava d'un artifici evangèlic. Una manera de fer catòlica vestiria l'aparició amb un hàbit negre i quasi amb tota seguretat li arreglaria els cabells al gust franciscà. No podria explicar en què consistia aquest gust, però creia cegament exacta la seva presumpció. Oh!, i no tan sols l'intuïa de procedència evangélica, sinó d'inspiració nord-americana. Cada cop que se li presentava, li feia l'efecte que d'un moment a l'altre obriria el maletí i en trauria una cinta amb les següents paraules estampades: "Escolteu la veu de la vostra consciència i deduïu-ne sucosos ensenyaments per a l'exercici 1947-1948.

De per què ell, tan vinculat a les vores del Mediterrani, havia de tenir relacions amb un àngel d'aparença publicitària i ultramarina, no en podia dir res ni sabia explicar-s'ho. Per altra banda, coneixia molt bé el contingut del maletí de pell vermella: no res de cintes amb lletres impreses.

En realitat, el maletí contenia les futures conseqüències de les accions que projectava. I com que les accions eren dolentes, sempre que mereixien l'atenció d'aquell personatge tan objectiu, físicament parlant, els resultats eren també dolents. Tem, doncs, el maletí i per virtut seva sent un gran respecte per l'àngel. Fins al punt que ell, que es diu de tu amb tothom sense distinció de jerarquies, s'adreça a l'àngel tractant-lo de vostè.

— Segui —li diu assenyalant-li un balancí.

La figura s'asseu i, en el moment de fer-ho, la túnica blanca li cruix com el gebre en ésser trepitjat. Es posa el maletí damunt els genolls, perquè es vegi bé, i comença a gronxar-se lentament, mentre amb el dit estirat reprèn una filípica que l'altre se sap de memòria:

— No anem bé. Depa. Ja veus quina vida has portat i de què t'ha servit. Estàs a punt d'entrar a la vellesa i ets pobre. Oh, i el que és aquesta llinda de l'ancianitat no la passaràs pas. El mal torna sempre al lloc d'on ha sortit, com les processons, les bromes i aquella coneguda arma australiana. Fins arà t'has escapat per miracle, i encara a mitges, perquè estàs congriant damunt teu tot d'elements que acabaran per destruir-te.

L'al·lusió a la seva pobresa el torba més que no pas l'anunci d'un perill. Instintivament tapa amb el cobrellit un tros de matalàs esquinçat per on s'escapen uns quants flocs de borra. En un intent desesperat per mostrar-se pròsper, ofereix:

— No vol prendre alguna cosa?

Ja sap que aquell hoste no prendrà res, i s'avergonyeix tardívolament de la seva beneiteria. L'àngel, com és natural, mou novament el cap per negar i els cabells a la romana branden com el serrell d'un riquíssim domàs de seda.

El respecte que li inspira el seu visitant no ha exclòs,

en cap cas, una mena d'urc que l'obliga a enfrontar-s'hi. D'una cambra de mals endreços, en treu una mola de pedal i es posa a esmolar l'esfullador d'or de Toledo. La vocació, quan se sent fortament, exerceix un gran domini i, per altra banda, ell no ha estat mai covard. S'ha proposat matar la vella i ho farà, a desgrat del seny que respiren les paraules de l'àngel.

Del contacte de l'acer amb la pedra, neix un xiulet que es clava en els racons més amagats de la golfa. Per un moment, quan alça l'eina per provar el llos amb la gema del polze, Depa Carel·li sent alguna cosa que li produeix ofec. La direcció del so és tan clara que, sense dubtar, acosta l'orella al maletí de l'àngel i escolta un tic-tac inconfusible.

Fa anys que, a l'Illa Negra, el director del penal, cometent un veritable abús d'autoritat, va obligar els còmplices d'un assassí famós a presenciar la seva execució. Entre ells, el jove Carel·li assistí amb els ulls esbatanats a la desaparició de l'amic, que lligat a una cadira i amb l'argolla al coll se'ls mirava amb una mirada terrible. En aquella sala hi havia un gran rellotge de pèndola, i quan Depa es cobrí la cara amb les mans, de tanta pena, el rítmic batec del mecanisme va omplir-li tota l'ànima. I l'ha recordat sempre amb tanta precisió que ara el pot identificar sense esforç i es torna pàl·lid. Però, després de tants anys d'ofici, qui retrocediria? Acaba de preparar l'instrument escollit, fa un gest a l'àngel i surt cap al carrer.

Una boira de bon matí enfosqueix el sol, que, malapte, cerca la terra com una gran nineta glauca.

Carel·li tomba per dos xamfrans i surt a una ampla avinguda. Camina al llarg de la reixa d'un ministeri i, amb el mànec del tallapapers, ressegueix els barrots de ferro produint un soroll tot ple de joventut. S'atura per esperar un òmnibus i, abans que n'arribi cap, encara té temps de dir a unes noies una galanteria de vell trinxeraire refinat.

L'autobús el deixa en un barri distingit i silenciós. Segur d'ell mateix, cerca una petita porta en un racó d'una paret de pedra i l'obre hàbilment; travessa un jardí procurant evitar el craquejar de la grava i s'enfila per un engraellat de fusta, cobrint-se tot ell amb la verdor de l'heura. Salta la barana del primer balcó i, aleshores, el pes dels anys l'obliga a aturar-se per reprendre el bleix. Obre una altra porta, separa unes cortines i vet aquí la vella en el seu llit, amb una gran còfia plena de puntes que li mig tapen els ulls closos. Dret al seu costat, gairebé fluorescent de tan blanc, l'àngel l'espera per increpar-lo.

— No la matis, Carel·li. No n'hi ha necessitat. Pots robar sense tocar-la. Ja veus que dorm profundament.

En dir-li això, li passa el maletí de pell vermella per davant del rostre. Però cada u es deu a allò que és, i ell està ben decidit. Tot empenyent l'àngel amb suavitat, li diu:

— Aparti's, que podríem esquitxar-lo.

La comunitat establerta entre ell i la víctima per aquest plural li dóna la sensació de plenitud, d'harmònica consecució d'un superior propòsit. Clava l'eina destrament i ofega la ranera amb el coixí. Ja està. Es lliura després a un savi saqueig i se'n torna pel mateix lloc per on ha vingut.

Novament en el carrer, es gira per dir a l'àngel:

— No es molesti més, no, que jo tot sol em faré les inútils reflexions del cas.

Diu això i s'allunya cantant a baixa veu, amb una gran tristesa.

1947

EL PRINCIPI DE LA SAVIESA

Aquell any de la guerra central vaig fer-me ric. Especulant amb coses tan innòcues com el suro i el cartó, fent números i posant-hi els cinc sentits, vaig trobar-me amo de mig milió de la moneda més alta.

Això no tindria interès, ni caldria parlar-ne, si no fos per la relació que té amb la meva casa blanca de la costa. La casa sí que era notable, i ho era, sobretot, per les coses que van passar-m'hi.

Era una casa plantada ran del mar, amb moltes finestres amples i molts vidres: jo mateix vaig acompanyar la mà de l'arquitecte en traçar els plànols i li vaig dir que no hi planyés la rajola de València, ni els jocs d'aigua, ni cap cosa que pogués atreure la llum del sol. Vaig dir-li que la volia ben blanca i ben neta, perquè l'instint em deia que calia viure en una casa on no pogués ocórrer res d'extraordinari.

No em vull precipitar: explicaré les coses ordenadament, i que cadascú s'ho prengui de la manera que vulgui. Em sembla oportú, ara, parlar del meu jardí de la costa: van idear-lo, amb l'ajut meu, tres jardiners d'anomenada i un artista que diu que era dels millors d'aquells temps. El jardí s'estenia darrerra la casa i no era pas gaire gran; però estava carregat de poesia. Hi vaig fer plantar totes les plantes que plaguessin alhora al clima i a mi, i herbes bones de països exòtics, que acreditaven la puixança de la meva riquesa. Vaig fer-lo voltar d'una tanca de molta fantasia, destinada a guardar-me de les mirades dels vianants més que no pas de llur rapisseria, i això és el que em va fer mal. Perquè algú, en un determinat moment, hi va poder entrar i deixar-hi quelcom que em va prendre la placidesa. Ja ho contaré quan vindrà més a tomb.

Els tres jardiners s'encarregaren del jardí, i sis criats tenien cura de la casa i cobraven sous alts per no deixarme tocar de peus a terra. El caràcter se'm va ablanir, i mireu si va bé d'ésser ric, que de mica en mica anava adquirint bons sentiments, sense arribar a l'extrem que la consciència em fes nosa.

Els veïns cultivaven la meva amistat, i em feien visites i m'enviaven presents, als quals jo corresponia, ja que les rendes em permetien d'ésser tan pròdig com em semblés. La qui tenia més ganes de guanyar-se la meva amistat era una senyora que, pobra dona, estava tocada de la mania de llegir i d'escriure: em penso que no podré parlar amb simpatia d'ella, ni en tinc ganes, perquè fou qui em va descobrir les coses que fa la lluna. ¿Puc dir que això la fes responsable del que s'esdevingué després? No. Tant se valdria acusar el metge de la mort del pacient, perquè ha previst la fi lògica d'una malaltia. Però li tinc rancúnia, perquè, en recordar la conversa del vespre en què em va explicar la rara força dels astres, les meves orelles guarden encara el ressò d'una certa reticència.

Va anar així: havia fet un dia xafogós i em sembla molt que la contrada celebrava una festa major o algun sant de prestigi. No podria dir-ho exactament: em regalava tant, que els meus dies eren tots de festa grossa i les del calendari em passaven desapercebudes. El cas és que, en arribar el vespre, la senyora veïna es va creure obligada a venir-me a veure i em va portar un cistellet de maduixes que, ara ja es pot dir, no em feia cap falta.

Jo havia acabat de sopar i m'estava assegut en un cadiral de pell russa, en una galeria coberta que donava de cara al mar. La lluna m'il·luminava i, entre els seus raigs i el fum del meu cigar, em trobava submergit en un món d'imatges fantàstiques, que em feia més feliç encara. Em sentia molt important en la meva solitud i no tenia ganes que ningú m'acompanyés; tant m'hauria fet que la terra ens tingués com a únics habitants els meus servents i a mi, llur amo i senyor.

En aquestes circumstàncies tothom comprendrà el

meu enuig quan un criat m'anuncià que la senyora veïna havia arribat, disposada a fer visita. Hi hauria més matèria per a fer-se'n càrrec si dic que vaig veure de seguida que venia consirosa, amb aquesta mena de melangia histèrica de les dones, i amb l'aire de voler-me fer compartir unes preocupacions el caràcter de les quals no coneixia ni ella mateixa.

No podré reproduir fidelment l'entrevista, ni en trauríem res; sé que em lliurà el seu obsequi disgraciosament i que ens posàrem a parlar de coses que ni ens interessaven ni tenien solta.

El que recordo bé és que la senyora es va alçar de sobte amb una vivacitat sorprenent, i, mirant la lluna, em digué:

— És bonica, oi?

— I tant! —vaig respondre—. Sembla una pintura.

Ella em mirà amb una mirada perduda i afegí:

— I, amb tot, em faria por de viure en una casa tan oberta a la lluna i prop del mar...

Allò em va irritar. De manera que la senyora pobra es permetia de no tenir-me enveja, ella que vivia en una casa llogada on no entraven la lluna ni el sol ni els bons aires.

Vaig replicar:

— Doncs jo hi visc molt a pler i no tinc por de res ni de ningú.

Amb la llengua va fer un clec commiseratiu.

— Vós ignoreu la influència de la lluna. Vós no sabeu que ella mana el mar i disposa les marees. No sabeu que la gent estem subjectes a la seva atracció i que ens pot obligar a fer coses terribles...

— Mireu, senyora: jo no sóc supersticiós. Per tant, em ric de la lluna i dels planetes que la volten.

— Infeliç! No és pas superstició, això. Els boigs senten els canvis de lluna, i totes les persones sensibles, en una certa manera, també. Hi ha criminals a qui el plenilluni exacerba la maldat, i gent com vós i com jo que en una nit com la d'avui es veuen empesos per una força puixant i farien... Què sé jo! En aquests moments no em costaria gens d'escanyar-vos.

Aquell vespre la lluna feia el ple. La veïna tenia als ulls una flameta de follia que em va donar inquietud, i, sense poder-ho evitar, vaig prémer el timbre que em servia per a cridar els meus sis criats. Ells acudiren de seguida, i jo, oblidant les normes de la polidesa i sense tenir reals motius per a fer-ho, els vaig manar que acompanyessin la senyora a la porta.

Jo ja havia sentit dir allò, com tothom, i em va semblar que me n'anava a dormir amb l'ànim tranquil. Però vaig passar una nit dolenta. Vaig somniar que un dels meus servents, un anglès que per cert es deia Galsworthy, m'empaitava empès per una dama en túnica groga, que figurava la lluna fent el ple. Corríem per un camí d'acer, sempre igual i sense arbres ni cap cosa que em pogués emparar. Jo anava perdent camí. Cap a la matinada, Galsworthy em va atrapar i em va esquinçar.

Van despertar-me uns cops desacostumats a la porta: era molt aviat, una d'aquelles hores en les quals diu que es lleven els obrers, i això em sorprengué, perquè tenia manat que hom vetllés el meu son amb la més gran sol·licitud. El qui trucava era el jardiner en cap, que no venia pas sol, perquè vaig sentir que tot el personal de la casa s'agitava pels corredors, amb l'aire de passar-ne una de molt grossa.

El jardiner va entrar a la meva cambra i d'antuvi no el vaig conèixer, de tan pàl·lid que estava. La basarda li feia fer el que ens fa fer quan ens domina, i rebregava la gorra amb els dits i s'eixugava la suor amb les mànigues de la camisa.

— És horrible, senyor! —digué—. El que m'ha passat avui no m'havia passat mai...

Jo encara estava ensonyat i em va costar una mica de recobrar el meu posat habitual.

— A veure, a veure. Què passa?

— Cavant el jardí he trobat una mà.

De bon matí, allò era difícil d'entendre. Vaig preguntar:

— Una mà? Una mà de què?

— Una mà esquerra!

Ho va dir en un to que deixava entendre que l'afer era greu de veres. Qualsevol cosa que hom hagués trobat en el meu jardí, fora d'una mà, m'hauria deixat alè per a encertar paraules justes i disposar el que s'escaigués. Però una mà humana...

— On és? Porteu-me-la!

La portaren agafada amb uns molls de cuina i els vaig manar que la deixessin damunt d'una taula. Vaig saltar del llit de bursada.

Era una mà fresca, tallada de poc, i sense cap mena de dubte pertanyent a un home. Un dels dits era decorat amb un bon anell d'or.

— On l'heu trobada?

— Sota els clavells de les Índies, embolicada en un paper de diari.

"La mà, rai —vaig pensar. El que em preocupa és la resta."

— I no heu trobat res més? Cap tros de "cap cosa" que pogués fer joc amb "això"?

Em digueren que no.

Si jo hagués estat un pobre qualsevol, carregat de maldecaps, és molt possible que hauria llençat la mà al pot de les deixes i que no me n'hauria preocupat mai més. Però vet aquí que aleshores tenia la mà tallada damunt de la meva taula i que la gent esperava amb ànsia la meva decisió; si hom hagués trobat diverses peces pertanyents a un cos humà, la cosa normal hauria estat avisar la policia; però amb una sola mà a les mans jo no m'atrevia a presentar-m'hi. Preveia que els detectius s'entestarien a trobar la resta i que no pararien fins a haver remogut tot el jardí i el parament de casa meva.

Per no allargar-ho més, vaig fer el següent discurs al meu servei:

"Benvolguts criats: el trastorn ha trucat avui a les portes de casa nostra. Ens trobem amb una mà que no pertany a ningú de nosaltres i que no sabem d'on ve. Si haguéssim descobert un cos sencer, fent el que es fa en aquests casos, hauríem quedat com uns homes; però, d'això d'ara, no en coneixem precedents, i el de dalt ha anat a baix. El fet de tractar-se d'una mà sola, sense cap indici que ens permeti de suposar que algú ha perdut, a més de la mà, la vida, vol dir versemblantment que algú ha perdut la mà i no res més que la mà. És veritat que una mà no es perd així com així, però també és veritat que es pot perdre de moltes maneres, i, en això, nosaltres no ens hi podem ficar.

"Què podem fer? Avisar la policia? ¡Mai de la vida!

La policia furgarà pels racons cercant el que no hi ha i farà que ens sentim forasters a casa nostra. No. Els fets ens indiquen el camí que hem de seguir. La pèrdua, per aquell que l'hagi soferta, és considerable i tan recent, que a hores d'ara deu estar ben amoïnat. Esbrinem qui és, busquem-lo i l'ajudarem cristianament. Vet-ho aquí."

Vaig fer comprar una gerra de vidre per tal de guardar la mà en alcohol i, tan aviat com l'humor m'ho va permetre, vaig fer enganxar un avís redactat així: "Algú ha perdut una cosa molt important en un jardí de casa bona. El qui acrediti d'ésser-ne propietari, que es presenti en bona forma i li serà donada satisfacció." Els diaris de la comarca publicaren una nota semblant i, fet això, no em calgué sinó esperar.

S'escaigué que la recerca va omplir singularment la meva vida. Nombroses persones venien a veure'm matí i tarda i moltes d'elles m'explicaven històries de pèrdues, amb les quals es distreia el meu esperit. Dins del meu despatx, muntat a l'americana a l'objecte exclusiu de poder enllestir aquell assumpte, rebia tothom que es presentava.

Un dels primers que vingueren fou un home portant un gramòfon antic sota el braç. Era una persona menuda, aclaparada per un món que no li venia a la mida: es va presentar amb polidesa, jugant el capell fort amb unes salutacions cal·ligràfiques molt del meu gust. Sostinguérem el següent diàleg:

— Quina és la cosa que heu perdut?

— Un petit vis de vanadi, sense el qual el meu gramòfon no pot funcionar.

— Els anuncis adverteixen que el que s'ha trobat al meu jardí és important. Un petit vis de vanadi no té cap importància.

— Aneu errat, senyor, de mig a mig. La cosa més considerable per a mi és el gramòfon. Si el seu funcionament depèn d'un petit vis de vanadi, el petit vis pren al meu esguard tota la importància.

"Això necessita una explicació, i, de senyor a senyor, estic disposat a donar-vos-la. Tinc cinquanta anys. Als vint vaig enamorar-me d'una noia que era la dona més bonica que hi ha hagut a la terra, i que no va correspondre al meu amor. A desgrat d'això, era tan bona que es va compadir de mi i em prometé que cada vegada que anés a veure-la a casa seva em cantaria una cançó per a mi tot sol. Era la millor cançonaire de l'època i tenia una veu que no hi havia cap ocell que li fes la pols. Jo hi anava sovint, m'asseia en un sofà i l'escoltava, ja podeu imaginar amb quina unció. Era molt feliç. No desitjava res més, ja en tenia prou, i ningú no pot dir que m'excedís en la meva ambició. Però, què som en aquest món? No res. Vós ja ho sabeu, i hi ha una colla de llibres que ho expliquen. La vida ens sacseja, i, quan un matí ens llevem feliços, ja ens fa mal la por que a la tarda no ens colpeixi la dissort.

"Ella es va morir de tristesa, després de tenir-hi aquelles relacions. Com vaig quedar, Senyor! Em sembla mentida que, matant com mata, la tristesa no m'hagués matat a mi.

"Però Déu tanca una porta i n'obre una altra, i jo no podia pas ésser menystingut per la misericòrdia divina. La meva enamorada va deixar-me una col·lecció de cilindres de cera amb les cançons que m'agradaven més. Ja veieu on vaig, oi? Des d'aleshores em passava els dies escoltant la veu d'ella en el meu gramòfon, i, aclucant els ulls, veia talment el meu amor, que havia recobrat la felicitat. No em preocupava d'altra cosa que de l'entreteniment del meu aparell, i ni tan sols tenia esma per a curar de la meva persona. D'això, se n'encarregaren els veïns, que em porten menjar de tant en tant i em sargeixen els mitjons i fan el que els sembla que em pot anar bé per a seguir vivint.

"Jutgeu la meva desesperació quan, fa tres dies, vaig descobrir que el meu gramòfon no podia funcionar per haver-se perdut un petit vis de vanadi. Vaig consultar un mecànic i em fou dit que la construcció de la peça, per tractar-se d'un treball de precisió, em costaria un preu molt fora de l'abast de la meva fortuna. Les cases del ram m'asseguraren que l'aparell era d'un model antiquat i que em seria impossible de trobar recanvis.

"Heus aquí, senyor, com vaig haver d'emprendre la recerca del vis perdut."

—La vostra història és realment commovedora, i ho entenc tot llevat de per què se us ha ocorregut que podíeu trobar el vis en el meu jardí. ¿És que hi heu estat alguna vegada?

— No, mai. Però he cercat el vis per tota la contrada; no he deixat cap casa per mirar, he alçat totes les pedres, regirat totes les mates, mirat totes les gires dels pantalons dels habitants de la comarca i proposat barates d'avantatge al noi del poble que em trobés el vis; ho he fet tot, menys cercar en el vostre jardí. Ja que no és enlloc més, ha d'ésser a casa vostra (perquè no puc admetre que s'hagi fos). El vostre anunci m'ha donat la idea, i, sigui el que sigui el que hàgiu trobat, us demano que em deixeu mirar el jardí.

Vaig accedir-hi, naturalment, convençut que ni jo hi perdria res ni ell trobaria el que cercava. Vaig acompanyar-lo i, una vegada arribats a lloc, em confià la custòdia del gramòfon, va posar-se de quatre grapes i resseguí el jardí amunt i avall. Cal declarar que no li calgué esforçar-se gaire. Ben aviat s'alçà d'una revolada, pinçant alguna petita cosa entre el polze i l'índex, i cridà: "Vet-el aquí, el meu vis. Havia d'ésser-hi *per força...*"

M'oferí casa seva i s'acomiadà amb una polidesa que denotava bona criança. Jo, ja podeu comprendre que no m'hi podia amoïnar massa.

L'endemà va venir-me a veure una noieta bonica, que es comportava amb un particular compungiment. Vaig endevinar que li costaria d'explicar-me els motius de la seva visita i, després d'aclarir que venia atreta per l'anunci dels diaris, li vaig preguntar per tal d'ajudar-la:

— I què és el que heu perdut en el meu jardí?

— L'honradesa, senyor —em respongué abaixant els ulls.

Em va semblar que anava desorientada i em plagué d'adoptar un aire benvolent.

— No és pas això, filla meva, no és pas això.

— Sí senyor. És ben bé això.

Ho va dir amb una fermesa que m'obligà a concedir-li crèdit, i la curiositat va fer-me preguntar:

— I com ha estat?

— Galsworthy, senyor. La nit de festa major. Sota els lilàs...

Ell havia d'ésser, en bona fe. Fred i garneu, eternament absent i fingint que cap cosa mal vista no li podia ésser atribuïda, s'entretenia fent perdre a les noies quelcom important en el jardí de casa meva! Sóc home de segons quins principis, i en un parell de dies vaig arreglar un casament reparador, sense esmerçar-hi gaire temps, perquè l'anunci seguia duent gent a casa i jo hi dedicava una atenció preferent.

El tercer vingué amb un ajudant que li portava dues maletes. Era un home que inclinava a confiar-hi i que, si m'ho hagués proposat, hauria fet soci de qualsevol negoci meu.

Va prendre de seguida la direcció de l'entrevista i em digué:

— Jo, senyor, mal m'està el dir-ho, sóc lladre. Fins fa poc m'ha somrigut la fortuna; m'he guanyat bé la vida sense treballar gaire, he estat benvist de la gent i respectat per la policia, i mai no he hagut de fer cap reculada. A casa vostra he tingut el primer entrebanc, i vinc a superar-lo noblement, jugant a cartes vistes.

"Pretenia d'ésser el lladre més perfecte del país i he arribat a refiar-me massa. L'altra nit vaig venir a casa vostra pels meus afers, portant al damunt records de família i tota la documentació personal. Això no es fa mai, és elemental; només pot passar a un aprenent. Jo hi vaig caure, mig per vanitat, mig per imprevisió, i succeí el pitjor que es podia: vaig perdre els papers a casa vostra. L'anunci que heu fet inserir als diaris m'ha advertit que sou una persona civilitzada i que voleu arreglar l'assumpte d'home a home. Sempre m'ha agradat de tractar amb gent liberal i vinc a correspondre al vostre gest: jo us tornaré el producte del meu treball, vós em torneu els documents i quedarem amics. Així dóna gust d'anar per les cases."

Dites aquestes paraules, obrí les maletes que portava el seu seguidor i en tragué serveis de taula d'or i d'argent marcats amb les meves inicials, dos o tres rellotges de preu, joiells cars i presents bons que m'havien fet els meus parents i coneguts.

— Això que dieu —vaig respondre— és realment benvist, i vós i jo quedaríem honorablement si no fos que ni m'havia adonat que ningú m'hagués pres res ni he trobat cap paper que us pertanyi.

Es veu que això li va causar sorpresa, però va reaccionar ràpidament. S'agafà el mentó amb la mà dreta, per tal de pensar més fort, i digué:

— És llàstima. Si no hi trobem una sortida airosa, l'entrevista esdevindrà, per moments, tibant.

Va fer unes quantes passes amunt i avall del meu despatx i afegí:

— De totes maneres, el vostre anunci em va suggerir quelcom que podria explicar la pèrdua de la meva cartera. Caldrà que fem, amb el vostre permís, una petita reconstrucció dels fets.

"Aquella nit, jo vaig sortir de casa vostra per aquesta finestra que dóna al jardí. Ja veieu que això no representa cap dificultat: un saltet i ja toques de peus a terra. Provem-ho."

Obrí la finestra, passà una cama per damunt l'ampit i prosseguí:

— Exacte. En saltar, recordo que se'm va enganxar l'americana a les branques d'un llimoner; en aquell moment vaig sentir el soroll d'alguna cosa que queia a terra, però no en vaig fer cas, perquè portava pressa.

"La cosa que va caure a terra podien ésser molt bé els meus documents, oi? Ha arribat el moment d'aclarir-ho."

Saltà al jardí, va ajupir-se i furgà per les herbes. Al cap d'uns quants segons va alçar-se amb una cartera a les mans.

— Ja els tinc! —digué—. Me n'he sortit millor que no em pensava, perquè em plau que vós no conegueu la meva identitat.

Aleshores vaig creure que jo hi havia de dir la meva:

— ¿I si us feia caçar pels meus criats i us lliurava a la policia?

— No, no —respongué—. No ens convindria ni a mi ni a vós. Els meus col·legues no us deixarien viure tranquil. Si no m'erro arribarien a empaitar-vos pels carrers. Val més que ens donem les mans i que no hi pensem més.

Encaixàrem cordialment. Va fer el gest de tornar dins les maletes els meus objectes, però es repensà i digué:

— Pse! Ja us ho podeu quedar.

— Escolteu! Puc romandre tranquil, ara?

— Del tot. Tinc coses més importants en estudi. I, a més, la nostra naixent amistat em lligaria de mans.

I se'n va anar.

El quart visitant, pròpiament, no va venir. Una tarda, sortint de casa, el vaig trobar assegut al llindar de l'entrada, part dedins del jardí. Anava vestit amb un jaqué lluent, tenia el cap entre les mans i es turmentava el bigoti amb un gest de capficament.

— Què hi feu aquí? —vaig preguntar.

— D'això es tracta, precisament —respongué—. Estic provant de recordar-ho.

Mai ningú no havia tingut als meus ulls l'aparença d'ésser tan sincer ni mai havia vist una persona tan allunyada de la plasenteria. No em reclamava cap feina determinada i em va venir bé d'ajudar-lo: el seu aspecte i el seu vestit denotaven una misèria extrema, que inclinava a tenir-li compassió. Vaig asseure'm al seu costat.

— Qui sou?

Em mirà perplex. Va cercar per les butxaques, tragué un carnet i llegí:

— Marc Noblesa. Lampista, Carrer del Sol, núm. 3. Però no recordo on és aquest carrer, ni l'ofici de lampista. Sé que sóc aquest tal Marc pel retrat, però no sé res més. Vaig perdut, sabeu?

— Però com heu vingut a parar al meu jardí?

— Oh, no ho sé. Em sembla que he vingut atret per alguna cosa; però no me'n recordo.

Se'm va acudir que potser venia a causa de la meva crida i li vaig ensenyar un retall de diari amb l'anunci. El llegí:

— Sí que és això! —exclamà—. He vingut per això.

— És que heu perdut alguna cosa?

— Es veu que sí. Però no me'n recordo.

— Bé, bé. Procedim amb mètode. No us manca res? No us trobeu a mancar res?

Es palpà la roba i deixà caure els braços amb un gest de lassitud. Em mirà amb una mirada molla, arrugant el front i apuntant al cel amb l'extrem interior de les celles.

— L'única cosa que em trobo a mancar és la memòria.

— Em sap greu, però el que hem trobat nosaltres no

és això. Amb tot, entreu a casa i mirarem el que es pot fer.

— Deixeu-me estar aquí. L'olor de les pomeres del jardí sembla com si em volgués recordar quelcom. És estrany. Tinc gravada la imatge del jardí il·luminat per la lluna. El veig com es deu veure, per exemple, enfilat dalt del mur que el tanca. Tot això m'ho suggereix el perfum de les pomeres; tinc una mica de memòria al nas.

Va posar-se a caminar amb les mans a l'esquena, sempre capcot i sense fer gaire cas de mi. S'aturà enfront d'un dels vents de la tanca del jardí i aleshores va cridar-me:

— Veieu? Tot això que dic és com si ho veiés des d'aquí dalt. Caldrà que hi pugi, per tal de completar el record. Feu-me esqueneta, si sou servit.

Vaig fer-la-hi, perquè ho demanava finament, i s'enfilà amb feixuguesa, encamellant-se sobre el mur. Des d'aquella posició va llançar una mirada intensa i ampla a tot el jardí; observà el peu del mur, part defora i part dedintre de la meva propietat, i va fer amb els dits un espetec d'intel·ligència.

— Pugeu, pugeu si us plau! —em digué.

I m'allargà les mans per ajudar-me. Una vegada dalt, m'assenyalà una caixa de zinc abandonada en una rasa que circumdava la part exterior del mur.

— Això no m'és desconegut —digué.

Era una caixa com les que usen alguns treballadors manuals per a portar les eines.

— Això pot ésser una caixa de lampista. ¿No sou lampista vós?

— Segons el carnet, sí. Però he descobert una altra cosa. Mireu...

Allargà el braç, assenyalant cap a l'interior, ran del mur, i vaig veure un capell fort aixafat que des de baix no es podia veure perquè el cobria un arbust oriental.

— Aquest capell també em diu alguna cosa. No em faria estranyesa que hom digués que em pertany.

— Ningú millor que vós no podria dir-ho...

Mentre me'l mirava, va aclucar els ulls, en un esforç intens per recordar que li esmorteïa l'expressió. Va passar-se la mà pel clatell i va fer una ganyota de dolor que em va semblar que no venia a tomb.

— Què hi tinc, aquí?
Em mostrà el clatell.
— Hi teniu un bony o, més ben dit, hi teniu allò que en diuen una banya. Us han donat un cop, o heu caigut, o... Vós mateix.
— Aaah! —va dir— Aaah! Ja ho sé. Vaig pujar aquí dalt i vaig caure de memòria. I... ¡Sí, és ben bé això! I vaig perdre la memòria!
— ¿I quin afany us menava a enfilar-vos dalt del mur?
— Vet aquí una cosa delicada d'explicar. Vaig pujar-hi per prendre... (enteneu "prendre" en el millor sentit de la paraula), per prendre una poma. ¿Una de sola, enteneu? Ho feia cada dia en tornar de la feina i mai ningú no hi havia tingut res a dir. Però, permeteu: de vegades parlem sense saber qui ens escolta. Jo ja m'he presentat. ¿Em voleu fer el favor de la vostra gràcia?
— Sóc l'amo d'aquesta casa, del jardí i de les pomes.
Va tornar-se vermell.
— Ja l'he feta —digué—. Ara hauré de donar explicacions.
— No us les demano. Acabeu-me de contar, només, la història del vostre accident.
— És curta. Sovint, en acabar la feina i tornar a casa, m'enfilava a la paret per tal d'agafar una poma. M'havia fet la següent reflexió: "Aquest senyor és ric i deu criar pomeres pel gust de contemplar l'arbre, més que no pas per la necessitat del fruit." Si jo hagués cregut que us feia un tort, mai, però, no us hauria pres cap poma. Perquè —pregunteu-ho a qui vulgueu— jo sóc una bellíssima persona.

"L'altra nit, com sempre, vaig deixar la caixa de les eines a terra i vaig enfilar-me per abastar un fruit. Cama ací i cama allà del mur, vaig mirar inconscientment la lluna, que per cert feia el ple. I em va passar una cosa que no m'havia passat mai, però que pot passar a qualsevol: la lluna em va marejar, va rodar-me el cap i vaig caure de clatell.

"Devia passar tota la nit sense sentits, i em sembla que la rosada del matí va deixondir-me. Sé que vaig caminar una bona estona amunt i avall de la tanca del jardí, sense esma, i que finalment vaig sortir al carrer. No podia allunyar-me de casa vostra i tinc la sensació d'haver passat dies sencers rodant amunt i avall de la tanca del jardí, olorant el perfum de les pomes i fent esforços terribles per recordar qui era jo, d'on venia i on em calia anar.

"Avui ha vingut un home amb un plec de papers sota l'aixella i un pot de pastes a la mà. Ha enganxat damunt la paret, a quatre passes d'aquí, un cartell amb el vostre avís parlant d'una pèrdua important i d'un jardí de casa bona. He entrat amb la vaga idea d'haver trobat el bon camí, i aleshores hem fet la nostra coneixença i hem arribat al recobrament de la meva memòria.

"Això és tot, senyor. I ara permeteu-me —va ficar-se dos dits a la butxaca de l'armilla—: quant us dec per la fruita?"

— Aneu-vos-en en nom de Déu i no en parlem més. Tinc per costum usar només bitllets grossos.

Va anar-se'n com li recomanava, molt agraït per la meva atenció. A mi, la meditació va retenir-me bona estona dalt del mur.

El cinquè visitant... Però per què explicar un per un el cas de cada persona que va venir atreta per l'anunci? La fatiga em dominaria a mi i els qui bonament em seguissin, sense que les seves memòries en resultessin particularment enriquides.

És el cas que vaig descobrir que el meu jardí, ignorant-ho jo, era el centre de la vida del país. Hi havia mares que havien perdut llurs fills i els retrobaven en el meu jardí sota una mata de gira-sols, per exemple. Hi havia marits que reconquistaven l'amor perdut de llurs esposes concertant idil·lis al clar de lluna, sota d'arbres que em pertanyien.

En el meu jardí es feien transaccions sentimentals i d'altra mena, i la gent s'agradava de venir-hi a fer dringar les passions. Irritat, vaig dubtar entre acomiadar els meus jardiners o reforçar-los amb brigades senceres de nous elements i posar un vigilant al costat de cada bri d'herbes. Però cap d'aquestes dues idees no m'hauria ajudat a aclarir l'enigma de la mà tallada, que aleshores em preocupava per damunt de tot, i vaig ajornar per a més endavant de prendre una decisió en ferm.

Cenyint-me al fil de la meva narració, parlaré del quiromàntic, el desè dels meus visitants. Va venir un vespre que presagiava una nit serena, bona per a fer brillar la lluna amb més esclat.

Podria explicar que era un home alt i gros, però això no ajudaria pas a fer-se ben bé càrrec de l'efecte que produïa en tractar-lo per primera vegada. Potser valdrà més dir que era una persona tímida, que, per por que els seus ulls no s'encontressin amb els dels seus interlocutors, els movia constantment. I que, essent home per al qual les mans dels altres no tenien secrets, no sabia què fer de les seves.

— He vingut atret per la confidència d'un dels vostres criats —digué—. Sé que heu trobat una mà tallada i que cerqueu el seu propietari. Servidor sóc quiromàntic de tota la vida, i, si em deixeu llegir el palmell de la mà de referència, és gairebé segur que us podria fer un report orientador. Si no us convé, ja em perdonareu la intromissió...

Em convenia, és clar, i vaig mostrar-li la troballa. Va mirar-se-la a consciència, resseguint totes les ratlles i fixant-se en totes les protuberàncies. Devia conèixer molt a fons el seu ofici, perquè el dictamen que va emetre no s'assemblava gens als pronòstics dels endevinadors de bonaventures. Retallada de circumloquis, la seva informació era, poc més o menys, així:

— L'amo d'aquesta mà és un filòsof petitburgès. Posseeix un enteniment clar, mirat des d'un especial punt de vista, i si té cura d'ell mateix i s'administra bé viurà una colla d'anys. Usa preferentment gorra de plat amb visera de xarol, la qual cosa és possible que vulgui dir que es tracta d'un esperit superior que menysprea la maledicència humana. L'anell d'or indica, almenys, que les seves inicials són F. E...

— No digueu res més, ja sé qui és! De filòsof petitburgès que usi gorra de plat, per aquests voltants, només n'hi ha un: En Feliu de l'Espatlleta.

Realment, confesso que havia d'haver-se'm ocorregut que un dels pocs homes de la terra capaços d'abandonar una mà en un jardí d'altri era Feliu de l'Espatlleta. Ciutadà exemplar quant a no ésser carregós a la societat, vivia en una caseta construïda per ell mateix, en un turó dels afores que en temps passats havia suportat un barri jueu. No tenia família coneguda i no era gens afeccionat a crear-se amics, perquè deia que, per a pensar bé i a plaer, s'ha d'estar sol.

Vaig anar-lo a veure portant-li la mà curosament embolicada en papers fins. El vaig trobar assegut al portal de casa seva; la seva cadira, inclinada, tocava a terra només amb les potes del darrera i descansava de respatller en una columna que, junt amb la pèrgola que sostenia, era l'ornament més preciós de l'edifici. Ell, en Feliu de l'Espatlleta, portava gorra de plat tirada endavant, de manera que per a mirar havia d'alçar el cap. Em va rebre amb un somriure de saber de què anava, i em digué:

— Bé heu trigat prou!

Vet aquí una benviguda inesperada, que va immutarme. En canvi, el filòsof, que em semblava cridat a jugar l'entrevista a la defensiva, va quedar-se fresc com una rosa. Tenia el monyó esquerre embolicat amb un manyoc de benes substituint la mà i fumava una pipa amb tota la serenitat del món.

— Deixeu el "famós paquet" a qualsevol banda i asseieu-vos, que parlarem fins que ens cansem, si us ve de grat.

— Que m'esperàveu? —vaig preguntar-li.

— Us esperava d'una manera relativa. D'aquesta vida ja fa dies que no n'espero res.

— Desitjo que l'accident que us ha fet víctima d'una mutilació no us hagi donat una causticitat trista.

— De cap manera, senyor ric, de cap manera. En primer lloc no es tracta d'un accident.

— Doncs de què es tracta?

— D'una qüestió de conseqüència amb el meu sistema, que consisteix a no deixar caure en la gratuïtat cap de les meves conviccions. Us explicaré el cas de la mà; veureu: una de les coses més entonades dels Evangelis és allò que diu que la mà dreta no ha de saber mai el que fa l'esquerra. Però en cadascun de nosaltres la promiscuïtat obligada entre les dues mans fa pràcticament no viable la fórmula de l'evangelista.

— Ja us veig: vós heu trobat el punt de sal de la discreció tallant-vos-en una. Oi?

— Ni més ni menys; sí senyor. A vós, i a segons qui, això us semblarà una lleugeresa, però és que no enteneu res de res.

— Que us creieu original?

— Pse! Quan em poso a creure, crec en coses de més transcendència.

Guanyava ell i vaig iniciar un replegament dient-li:

— Comprenc la vostra idea i me'n faig càrrec. El que ja no m'explico és per què vàreu triar precisament el meu jardí per a deixar la mà.

— Oh, això és ben senzill, tanmateix. Un cop amb la mà tallada i en el curs d'una profunda meditació, vaig dir-me: "ara que tens això, podries aprofitar-ho per a donar una lliçó a aquell senyor ric d'allà baix, que es creu tant per damunt de la filosofia. I podria demostrar-li que jo, ben per sota seu, segons ell, puc prescindir airosament de coses que, perdudes per ell, li farien l'efecte d'una gran desgràcia". I vaig deixar la mà, com aquell que no hi toca, en un racó del vostre jardí.

— Llàstima que, per tal de fer més entenedora la lliçó, no hi haguéssiu deixat també una tarja de visita.

— L'anell d'or feia aquest ofici. Em refiava que seríeu prou clarivident per a entendre-ho.

Va pipar a fons i llançà una bocada de fum. Jo, irremeiablement, vaig reflexionar. Pensava que el meu jardí havia de contenir per força algun encant que atreia la gent en una especial disposició d'esperit: potser la veïna tenia raó i es tractava de la lluna, o potser no era això, i aleshores qui sap de què es tractava, Mare de Déu! Va semblar-me que el filòsof, acostumat a pensar a les bones, podria dir-me quelcom i vaig preguntar-li:

— Però esteu ben segur que no fou obeint un altre motiu que escollíreu la casa meva?

— Per què ho pregunteu?

Vaig explicar-li el cas del meu jardí, que va escoltar atentament. Respongué:

— Això no ho enteneu perquè no heu llegit gaire i teniu poca lletra. Altrament coneixeríeu les paraules d'Omar Kayyam, que va dir: "El jardí del ric atreu els pobres perquè en l'opulència dels poderosos els indigents emmirallen llurs il·lusions."

— Ah! Vet-ho aquí. No se m'hauria ocorregut mai. I, escolteu, no podria fer-se res per a evitar aquesta atracció?

— Sí. Podríeu convertir el vostre jardí en jardí municipal i omplir-lo de retols que diguessin que és permès de fer malbé les flors i de plomar els ocells. Aleshores no vindrà ningú.

Un tal consell era molt d'agrair. Amb el filòsof, com abans amb el lladre, també lligàrem amistat.

1940

L'ANY DE LA MEVA GRÀCIA

A Dals, el meu poble natal, un persignador va descobrir-me una gràcia al paladar. Jo, aleshores, tenia cinc anys, i els meus pares m'han explicat moltes vegades que la profecia no els va fer gens de goig. Constataren que, efectivament, al mig del meu paladar, podia descobrir-s'hi la forma d'una creu, senyal d'haver estat escollit per alguna puixant divinitat per realitzar qui sap quines grans empreses.

Però heus ací que tot això de les gràcies al paladar ha tingut, des de temps remotíssims, uns greus inconvenients que estalvien d'engrescar-se massa amb els avantatges. No és pas que la part favorable sigui negligible, perquè l'afavorit amb aquest do sobrenatural ve un moment que pot fer miracles, o averanys, o sumir la seva matèria en aquests èxtasis corporals en el transcurs dels quals l'esperit sondeja les regions més alades dels somnis. I és que ha resultat sempre que molt pocs d'aquests infants posseïdors de la gràcia han arribat a homes; potser (m'aventuro a formular hipòtesis en un terreny tan arriscat) el destí de la majoria dels tendres benaventurats té el camí marcat a l'altre món. Sigui com sigui, no m'hi faria pas fort.

I, a despit de tot, he anat desgranant anys sense que la gràcia fes efectiva la seva prometença i sense que la mort afectés el meu afany de viure més que d'una manera vaga, com una imatge difusa la inconsistència de la qual em permetés considerar-la escèpticament.

M'he casat, he tingut una filla, i de mica en mica la

idea que el meu do no passava d'ésser una falòrnia rural ha fet trontollar seriosament la meva il·lusió d'arribar a fer miracles. I —tan il·lusa ha estat la meva confiança!— he arribat a adquirir una mania obsessionant, consistent en la convicció que el meu poder arribaria a dotar d'una irrompibilitat absoluta els objectes damunt dels quals la meva mà projectés una carícia.

M'ha semblat —confio al paper els sentiments més tendres i més irraonats de la meva ànima— que el poder de la gràcia es manifestaria precisament coincidint amb el primer dia d'un any nou. És per això que he limitat les experiències encaminades a donar una oportunitat al possible do sobrenatural, només al primer dia de cada any.

De mica en mica el meu escepticisme es va anar aguditzant i, perduda l'única flameta d'il·lusió que m'animava els somriures, vaig convertir-me en un home anodí i sense valor, com una mostra de venda prohibida, la taxació de la qual s'hauria de fer, en cas de necessitat ineludible, posant un preu mínim al pes de la carn i fentne la publicitat per unces, com en les vedelles congelades de l'Uruguai.

La meva filla constituïa els únics esclats de color que trencaven la cinta d'una existència sense solta, i a ella dedicava l'organització de totes les il·lusions.

A la fàbrica d'estampats on jo treballava, el patronatge de la qual s'anava succeint a base de dinasties de família, existia un costum antiguíssim, establert segurament per l'il·lustre negrer que va fundar-la. Consistia a fer present a tots els empleats, per Cap d'Any, d'un petit sobresou, tan petit que la desproporció entre el seu import i l'agraïment que hom us exigia de palesar era monstruosa.

I va escaure's que aquell any de la meva gràcia, amb les monedes engrapades i les mans a la butxaca de l'abric, vaig sortir al carrer, en plegar, submergit en un gran entendriment.

Intentava escalfar amb les mans la fredor del metall de les monedes, però la meva sang ha estat sempre una cosa tan diluïda, que era la carn la que s'encomanava el fred; aquest joc amagat, ciutat endins, constituïa una obsessió.

Sota els imperatius d'un vici incorregible, m'aturava a badar davant l'aparador de totes les botigues. En una d'elles, vaig descobrir-hi una nina magnífica. Fins a quin punt la meva filla hauria estat feliç si li'n feia present! I, precisament, el seu import era poquíssimament més elevat que la quantitat del sobresou. Prolongant la meva permanència davant l'aparador, pensava: "Heus ací que, amb aquesta petita paga, la meva dona i jo no encertarem a arreglar res que ens permeti d'ésser més feliços. En canvi, si compro aquesta nina per a la meva filla, tindrà una alegria considerable. Però, de totes maneres, el sobresou no arriba a assolir el preu de la joguina..."

I vaig decidir entrar a regatejar. Cal conèixer-me com jo em conec per a adonar-se de la violència que aquesta decisió em suposava.

D'antuvi, el dependent va mostrar-se inexorable. M'assenyalava tot de cartells on, amb lletres perfectament entenedores, hom explicava al client la immutabilitat dels preus. Després, en constatar la meva humilitat i, sobretot, la meva persistència, suggerí que amb la quantitat de què jo disposava podia vendre'm una d'aquelles nines, però sense pintar, amb la blancor de la pasta. Em deia que el modelat era d'una gran finor i que, si m'avenia a la proposició, vestiria la nina amb un bon vestit i me la donaria, exactament, pel preu que jo podria pagar-ne. Vaig avenir-m'hi.

Abans de trucar a la porta del meu pis, vaig desembolicar la nina, per tal de revestir la sorpresa d'una certa brutalitat. Aleshores em fou possible descobrir que tenia a la cara, damunt del nas, una emmascara fosca. Vaig passar-hi la mà amb suavitat, posant en el gest tota la tendresa d'una carícia. I heus ací que aquesta va ésser la manifestació de la gràcia.

Al contacte de la meva mà, la cara de la nina va acolorir-se, però no pas amb colors comercials, sinó d'una manera que era la imatge mateixa de la vida. La pasta va adquirir transparències de pell sana, sota la qual la sang escampava el seu tint inconfusible.

Vaig pujar l'escala d'esma, bocabadat i admirat tant com m'era possible.

D'antuvi, la meva dona va esverar-se, puix que la seva terapèutica casolana no abastava a intervenir un cas extraordinari com aquell. Després, fetes unes quantes experiències satisfactòries amb un grup de ninots de porcellana, ella va bandejar l'escepticisme i m'encomanà un gran entusiasme.

— Què farem, ara?

Evidentment, la nostra vida s'inclinava a donar un gran tomb. Al marge de l'alegria, em rosegava una certa recança pel fet que la gràcia s'hagués manifestat d'una manera que podríem qualificar de poc espectacular. Cadascú basteix les seves quimeres d'acord amb les seves il·lusions més recòndites, i jo havia alimentat les meves imaginant-me revestit d'una gran ascendència sobre les multituds, com una mena de sant no massa lligat pel dogma, o com un artista de circ de l'època d'or. De totes maneres he de confessar que em seduïa més la idea de la santedat. Em veia, talment, rodejat del respecte universal, en un món on els humans eixamorats de la meva gràcia no em deixarien tocar de peus a terra.

Però és proverbial que la realitat es complau a esbullar les nostres més cares fantasies, i a mi, dintre la sort, em tocava resignar-me a posseir un poder discret, domèstic, condemnat d'antuvi a no esdevenir excessivament popular. Confessava a la meva companya que no veia la manera de treure partit de la gràcia, sobretot un profit que es traduís immediatament en un augment de confort.

— Sí, home, sí. Esdevindrem industrials. Fabricarem les nines més ben pintades del país i ens farem rics en quatre dies...

En objectar que ens mancaven els diners per a plantar el negoci, ella em suggerí d'emprendre el meu patró i proposar-lo per comanditar-me. La idea no va engrescar-me gens; però, incapaç de suplir-la amb una altra, no em va quedar cap més recurs que dur aquella a la pràctica.

Vaig presentar-me davant del patró amb un joc de nines sense pintar, sota l'aixella, i sense dir gairebé res (puix que en un cas com el meu els fets tenien molta més eloqüència que les paraules) li feia una exhibició de la gràcia. L'èxit més complet m'acompanyà, reeixint a meravellar el burgès.

— Jo tenia un cosí que també en sabia, de fer jocs de mans. Però vaja, no era un treball tan fi. Renoi, que us ho portàveu amagat, això!

Vaig explicar-li que aquell meu era un joc sense

trampa, que em sortia de dins del dins de l'ànima i que no tots els cosins podrien fer-lo. Un cop posat el meu interlocutor en antecedents, vaig plantejar-li l'aspecte comercial de la visita.

— Home —em respongué—, això de les joguines és un negoci poc sanejat. Hi ha massa competència! A més, no hi entenc res. Veieu? Si passant la mà poguéssiu estampar les peces de teixit, ens entendríem. Ho heu provat mai?

No ho havia provat mai, és clar. I estava tan infatuat pel meu nou estat, que vaig brindar-me a realitzar l'experiència, que donà un resultat "absolutament" negatiu.

— Res, amic —aquell home es complaïa a tractar d'amics els seus subordinats—; no us hi puc fer res. Sempre em veniu amb coses estranyes, vós!

Vaig sortir eixalat del despatx. Pressentia que tenia quelcom a l'abast de la mà, però el braç no m'allargava prou. De gran cosa em serviria la meva gràcia sense solta!

Això no obstant, la meva dona ha estat sempre terriblement emprenedora. Veient en mi la matèria primera d'un negoci, les grans dificultats que jo podia oposar-li eren superades amb una sorprenent facilitat.

— Mira, home. Amb un do com el teu, trobaràs diners a tot arreu. Cercarem un soci i fabricarem les nines pel nostre compte.

Indubtablement, algun poder superior s'havia proposat portar la cosa fins a la fi, i la meva peregrinació en recerca d'un comanditari va ésser relativament curta. Un botiguer, oncle de la meva dona, terrenal i arreglat, va interessar-se en principi per la proposició.

— No anem del tot desencaminats, nebot. Ja m'agraden a mi les novetats. A més, tinc un protegit gandul que sap fabricar "pepes" de cartó. Us associaré i mirarem de fer que tot us rutlli com cal.

Momentàniament se'm va acudir un dubte que, no sé per què, va enrojolar-me les orelles fins a cremar la sang... Jo no havia experimentat mai sobre cartó. Coneixia tan poc el ressorts de la meva gràcia!

Habilitàrem una quadra de suburbi, de sostre envidrat que deixava entrar el dia a canvi de foragitar a mitges la inclemència. Minuts deprés d'ésser-me presentat, el meu associat em va dir sense més ni més que sabia tocar el violí i que per altra banda hi tenia molta afecció. Després d'aleshores, no he tingut mai més referències d'aquesta particularitat.

L'oncle va demostrar-me un cert esperit d'empresa permeable a les innovacions. Va declarar-se partidari decidit de la fabricació "en sèrie", i instal·làrem una cinta *roulant* moguda per un motor que en èpoques més pròsperes havia accionat un aparell de fer massatge.

M'interessa declarar ací que la meva jerarquia d'eix de la indústria em fou reconeguda des del principi. Hom construí per al meu ús un cadiral imponent, adornat amb unes talles en fusta oriündes d'un llit de nuvis que l'oncle tenia arraconat. Aquella mena de tron fou col·locat a prop de la cinta, aproximadament a la meitat del seu recorregut. La tècnica de la producció, més o menys, anava així: a un extrem de la cinta, el soci desemmotllava les nines i les posava damunt el camí *roulant*. Quan passaven per davant meu, estenia la mà i la gràcia tenyia el producte, amb uns colors tan vius i ben trobats que ni jo mateix no sabia com m'ho feia. Més enllà, la meva dona vestia les nines amb robes de cretona i finalment un xicot llogat embolicava amb celofana la nostra delicada mercaderia.

Des dels primer dies, el negoci va prendre una gran volada. Tres magatzems ens feren comandes importants. El meu braç no parava un moment d'estirar-se i encongir-se, fins al punt que àdhuc la màniga de la meva bata de treball va arribar a segar-se. Però, com que ja les coses deixaven intuir prosperitat, la meva dona va fer-me un maneguí de seda, on hi havia brodat amb lletres blanques el nom de guerra de la fàbrica: "La Divina Productora".

Al principi de la meva confessió, he tractat d'explicar el meu estat d'esperit en el període anterior a la manifestació de la gràcia. Ara caldria que tractés de relatar l'evolució ràpida que van sofrir les meves il·lusions; però podré estalviar-me aquesta feina, tenint en compte que hom podrà intuir-ho fàcilment. Només diré que si algú en el món ha arribat a experimentar la clara sensació de tenir la mà trencada en un afer determinat, aquest algú he estat jo.

Vaig realitzar una de les grans ambicions de la meva vida: la instal·lació, a casa, d'una saleta amb piano de cua, una petita llibreria amb la col·lecció completa de la *Història de les Nacions* i uns plafons de guix on hi havia enganxades cromolitografies amb retrats que anaven des del de Plutarc fins a un de Caruso sorprès en la intimitat de la seva llar. No és, entenguem-nos, que a l'habitació no hi hagués res més. La meva dona va farcir-la de puntes i brodats, i va embolicar el llum amb una repugnant tela mosquitera; però l'eix i la sensació d'aquella sala eren constituïts pels elements que he descrit primerament.

I ara ve la conseqüència moral d'aquesta narració, si és que actualment encara és possible i ben vist d'extreure moralitat d'històries.

L'era feliç, però (amb aquesta etiqueta ha passat a ésser classificada en l'arxiu de la meva vida), va durar, en relació als mereixement concrets, molt poc.

Quan més intensa era la febre ampliadora del negoci, va arribar a la plaça un representant austríac, portador d'una patent de nines extremament notables. Aquestes nines eren molt ben modelades i tenien un colorit tan bo com el que facilitava la meva gràcia. Això, naturalment, cal aclarir-ho. No és pas que aquell producte foraster íntegrament terrenal igualés una obra que, indirectament o directa, duia la marca de la divinitat; però, així com el colorit de la meva gràcia era natural, sanitós i per tant una mica bleda, el tint foraster tenia tota la picardia de l'artifici i donava a les nines una simpatia molt pujada de to. A més, i d'ací partia la tragèdia, amb el temps que el nostre procediment requeria per a enllestir un exemplar, les màquines i el procés industrial austríacs en llançaven un centenar al mercat, a un preu realment popular.

Les comandes s'estroncaren, la cinta *roulant* va haver d'alentir el ritme i el negoci es veié seriosament amenaçat. Hom va concertar una reunió d'empresa, en el transcurs de la qual fou acordat que jo aniria a veure el conseller de Treball amb el fi d'explicar-li com una indústria indígena tan interessant es veia amenaçada per la brutal ingerència estrangera.

La meva entrevista amb el conseller val la pena d'ésser divulgada, pel terrible precedent que suposa. Va acollir-me amb una polida oficiositat, que convidava a exposar els fets tranquil·lament. Però, després d'escoltar-me, va contreure la greu responsabilitat d'aquestes paraules:

— Ciutadà, pel que em dieu, la vostra indústria ocupa molt pocs obrers, degut a aquesta intromissió divina. La feina que feu amb la vostra gràcia, normalment ocuparia un nombre determinat d'operaris. Això m'obligarà a obrir una enquesta, el possible resultat de la qual serà obligar-vos a donar feina als treballadors que "requeriria" la vostra manufactura. Quant a les nines austríaques, com que la seva importació està subjecta a unes precepcions legals establertes, no puc fer-hi res...

— Però, senyor meu —vaig replicar—, honorable, i les coses de l'esperit? I la meva gràcia? No sacrificareu pas aquests tresors a unes mesquines conveniències materialistes! Això "abans" no m'hauria succeït. "Abans", l'Estat m'hauria pres sota la seva protecció. No puc creure que hàgim arribat tan avall!

I encara, el conseller, tot aixecant-se del cadiral amb un gest de donar per acabada l'entrevista, va dir-me aquestes increïbles paraules:

— "Abans", ciutadà, l'Estat no hauria pogut ajudar-vos perquè us hauria fet cremar prèviament per bruixot.

Des d'aleshores, el desencís m'ha fet comprendre per què hi ha al món tantes coses que rutllen desballestades.

1938

LA CIÈNCIA I LA MESURA

I

Quan els seus fills van tenir l'edat, el milionari trameté un propi a Alemanya per tal de cercar dos tècnics en cambres i jocs per a infants.

Els dos especialistes regatejaren el preu, estengueren un contracte en el qual tota contingència era prevista i, després de posar-hi els timbres que demana la llei, emprengueren el viatge.

El millionari va anar a rebre'ls a l'estació, amb una carrossa de vuit cavalls, els oferí el grapadet de sal i les tres monedes que eren d'ús i costum per a expressar cortesia en aquella regió i els acompanyà a casa seva.

Els savis fotografiaren els nens, els van mesurar la capacitat craniana i els analitzaren la sang. Després interrogaren els pares i els criats, per tal d'establir el *"pedigree"* de les criatures, i, fets els números del cas i sospesades que foren totes les opinions, hom dibuixà unes gràfiques que expressaven el que segueix:

Miquel, 8 anys.— Un línia sinuosa de vèrtexs aguts, dibuixada en vermell damunt fons blau. Significat: temperament bel·licós, amb una certa tendència al romanticisme. Afecció i aptituds per a la indústria de guerra.

Alexandre, 6 anys.— Una corba elegant, monocroma, d'ascensió pausada i una gran dolcesa en el descens. Interpretació: pau interior, amor al proïsme. Vocació per a treure partit de la filantropia i clars indicis de la conveniència d'educar-lo per a president de comitè.

Patrici, 4 anys.— Un punt negre vacil·lant entre dues ratlles verticals. Resultat: segons Lemberg, cinisme congènit i posició d'espectador negatiu enfront de la vida. Els dos tècnics aconsellaren, amb una tristesa cordial, que Patrici fos pujat pensant que, a la llarga, caldria enviar-lo a Amèrica.

El milionari expressà la seva satisfacció per la manera entenedora com els savis havien explicat llur esforç, i, després de discutir per uns quant diners de més o de menys, hom acordà un pressupost i començà la construcció de la cambra de jocs.

Vingueren paletes de Roma, es posaren a les ordres dels tècnics i enderrocaren una ala del castell; la pedra vella féu sentir el seu crit per tota la comarca, i trossets de segle XV s'incorporaren al vent i a la pols. Els teodolits tancaren miques de paisatge dins de quadrícules imaginàries i unes parets de meditada naixença van alçar-se sota el padrinatge de la ciència.

Va haver-hi vagues, és clar, i obrers i policies morts en quantitats que, dites aquí, semblarien increïbles. Un dels tècnics alemanys, el més robust, va fugir amb una germana del milionari, i encara ara, després de deu anys, no hi ha ningú que pugui explicar-se el perquè d'aquesta deserció. El cas és que els nens creixien, les gràfiques s'arriscaven a esdevenir caduques i els fuets dels capatassos no paraven d'estimular esquenes, amb una frisança desproporcionada des de tots els punts de vista.

Però va arribar el moment d'estendre l'amorosa volada del sostre, i els treballadors plantaren bandera, van encendre focs d'artifici i el pa i la mel foren berenar de festa i un vell vi dolç allunyà el record dels temps dolents.

Mentrestant, el milionari no podia sofrir que els seus fills juguessin jocs anònims. Els estirava llargament les orelles i els deia:

— Deixeu la baldufa, les bales, la màquina de vapor, els taps de llauna, les canyes que figuren llances i els amagatalls de jugar a fet. Tingueu la paciència d'esperar el moment en el qual podreu jugar per prescripció i sota la vigilància tècnica.

I gairebé sempre afegia: "Ah, dropos! Si jo hagués tingut, com vosaltres, un pare ric que em procurés la folgança tan primmiradament, hauria estat més manyac i més agraït que vosaltres..."

I quan deia aquestes paraules procurava encalçar-los a puntades de peu, i els nens fugien i avalotaven tot el castell.

II

De fet, les criatures tenien la sensació que els muntaven un parany de grans proporcions, i miraven les obres amb una gran hostilitat. Alguna nit s'havien alçat de puntetes i recorrien tot el castell descalços, sense témer la morta fredor de les lloses ni la lluna que els seguia galeries enllà. Sortien a fora i aigualien el ciment que els paletes tenien preparat o minaven les parets tendres, que a vegades, si la llei de la gravetat se'n ressentia, queien a terra i colgaven l'herba i els insectes nocturns que la pasturaven.

El pare intuïa amb orgull la mà dels seus fills en les desfetes, i donava gràcies al Cel pel present d'una nissaga que es feia la llei. Però un dia va desaparèixer l'arsènic destinat a les rates del castell, i el milionari sospità que els nens l'havien robat per emmetzinar les menges dels obrers. Va tancar-los sota clau i els donà turment, però les criatures no volien confessar, serraven les dents i aguantaven el contacte de les brases damunt la planta dels peus i ni les estelles posades entre la carn i les ungles no podien fer vacil·lar el seu determini. Comprovant el fracàs de l'enuig, el milionari assajà la manyaguesa i prometé als nens que els compraria vehicles amb el nombre de rodes que volguessin, i els faria construir una casa com la que surt, si no ho recordava malament, en el conte de *Hansel i Gretel*. Però els nens se'l miraven amb un posat sorneguer i ni li procuraven resposta. El pare meditava, cercava consell i es feia assessorar pel tècnic. Finalment tingué una inspiració i digué:

— Cors, brotets de la meva ànima: si em dieu on heu amagat l'arsènic, el "papa" us donarà un paleta viu o bé un manobre, perquè en feu el que vulgueu.

Els fills convingueren que això ja podia constituir la base d'una negociació. Es retiraren a deliberar i després digueren:

— No ens abelleix el paleta ni el manobre. Volem el tècnic en cambres i jocs per a infants, tal com va vestit en aquests moments i amb tot el que porta a les butxaques.

El tècnic digué que de cap manera, que feia més de trenta anys que exercia la professió i mai no s'havia trobat amb una cosa com aquella. Ès més: si el milionari escoltava, només escoltar de bo de bo, una proposició semblant, ell cremaria els plans de la cambra i el vespre mateix agafaria el tren de les 6,15 que va cap a Alemanya. Ah! I arribant allí faria un report en el qual deixaria baldat el milionari.

Quin pare no hauria fet el que va fer aquell pare? Va deixar anar les criatures, i l'endemà mateix morien dotze paletes més, emmetzinats. Els progressistes del país van fer agitació i aconseguiren fer caure el Govern.

III

Però el temps passava, d'aquella manera inexorable que ja és sabuda, i arribà el moment en el qual la cambra de jocs s'havia d'inaugurar, sense excusa possible que permetés de distreure-se'n.

Caldria explicar la cambra, però hi ha coses que són realment inexplicables: la persona que s'acostés més a fer la seva descripció la descriuria així: era una cambra gran com l'ala d'un mercat, sense parets que la dividissin interiorment. Els tres compartiments destinats a cada un dels nens eren assenyalats només pintant el terra, les parets i el sostre amb un color diferent per a cada un d'ells. I cada divisió contenia les joguines que la ciència aconsellava.

En un dels extrems, hi figurava la tribuna des de la qual els familiars, els amics i els convidats podrien contemplar els jocs i presidir-los. Però no era pas aquesta disposició de les formes tangibles la que donava caràcter a la cambra. Hi havia alguna cosa immaterial que dominava i tallava l'alè, aquesta cosa que deu fer por als guardians dels museus quan es queden sols a les nits, o l'esgarrifança de pensar, només, en els dolls d'aigua que corren a les fosques, molt endins de la terra.

El pare enllestí el programa de les festes inaugurals i disposà que fos enganxat a tots els xamfrans de la comarca. Quan el dia vingué, els sacs de gemecs i les trampes van fer la seva música pels carrers i se sentia pertot arreu el cruixir de faldilles emmidonades, i les sivelles de plata i la part clara dels barrets de copa reproduïen el sol. Les places semblaven vaixells, pels gallardets de colors, i el mar mateix, que era força lluny, enviava alenades de sal marina.

IV

Arribà l'hora convinguda i el milionari es dirigí amb la seva carrossa cap a la casa de l'alcalde, que l'esperava amb una gran medalla històrica i empunyava amb orgull un bastó de banús amb una borla de set voltes. Amb tota la força viva que els dos homes representaven, es passejaren pels carrers fins a l'església, i allí recolliren el rector, el qual es veia més investit que en cap altra ocasió de la facultat de beneir.

Algú que dirigia ocultament el programa féu un senyal i s'encengueren coets i rodes, amb la qual cosa la gent va enardir-se i recordà, vagament, unes passades lluites d'independència.

Quan el seguici va arribar al castell, els criats van disparar, de la millor manera que saberen, vint-i-una canonades, sense que s'haguessin de lamentar pèrdues de vides ni destruccions d'impossible reparació.

Les autoritats, presidides pel milionari, prengueren seient en la tribuna de la cambra de jocs, i la multitud va quedar-se a fora, pendent de les notícies que hom aniria donant per mitjà d'unes grans pissarres.

Ara sí que podia dir-se que la festa començava de bo de veres. El milionari picà de mans, i aleshores el tècnic va entrar a la cambra portant els tres nens; el tècnic anava vestit de gala, ostentant totes les seves condecoracions civils, i els nens duien unes granotes de seda groga, especialment ideades perquè no dificultessin cap mena de joc.

Una música suau sortí no se sabia d'on, i, seguint el seu ritme, el tècnic va fer que Miquel, Alexandre i Patrici ocupessin el lloc que corresponia a cada un d'ells. I, un cop aconseguit això, digué:

— Apa, a jugar!

Les pissarres van portar aquestes paraules al carrer i una ovació que durà disset minuts va fer retrunyir les parets i ocasionà trencament de vidres.

Els nens anaven d'un joc a l'altre fent memòria d'assaigs anteriors, i es deixaven portar per la mica d'esma que els quedava. Trobaven en les seves joguines la fredor que els sentinelles troben, durant les nits d'hivern, en els canons dels seus fusells, i, si no hagués estat perquè anaven meditant venjances, haurien declarat allí mateix que renunciaven a ésser fills de milionari.

Però de moment tot va anar bé. S'acabà la sessió tal com estava previst, i el pare oferí un gran banquet, en el transcurs del qual tothom va menjar i beure tant com va voler, llevat dels nens, que es van negar a prendre aliment.

V

En els dies que seguiren, van necessitar-se tres criats robustos per a portar els nens a la cambra. I, així i tot, aprofitaven qualsevol moment de distracció en el qual el tècnic es girés d'esquena per a donar-li cops al cap i deixar-lo sense sentits. Llavors, s'escapaven i jugaven a cavall fort amb els fills d'uns gitanos que tenien el campament prop del castell.

El pare va cridar el tècnic i li digué que ja n'hi havia prou, que si no trobava una solució elegant li retiraria els favors i li faria mala cara. El tècnic declarà que no podia admetre cap censura, perquè tenia previst el remei: en casos així s'aconsellava lligar els nens per una cameta, amb una cadena resistent, i dirigir els jocs amb una canya llarga.

Ho van provar així. Però, ¿qui podia vèncer l'obstinació d'una raça com aquella? Al cap de vuit dies justos els nens es van corsecar i la indignació del milionari el va deixar sense bleix.

Quan el recobrà, va aprofitar-se per a dir:

— La meva fúria farà tremolar la terra!

I gairebé ho aconseguí, mireu. Va agafar el tècnic amb les seves pròpies mans i el clavà com una papallona damunt l'escut d'armes del castell.

LA REVOLTA DEL TERRAT

I

L'any 1938, un arquitecte hongarès resident a la ciutat de Mèxic va construir una casa en la qual aplicava uns principis que podrien resumir-se així: els edificis han de rebre una expressió particular que els lligui espiritualment al país al qual pertanyen, i aquesta expressió ha de provenir de l'ús dels materials més peculiars que el país produeixi.

La casa a la qual fem referència s'alçava en un barri aristocràtic, el propietari era ric i l'arquitecte va tenir les mans lliures per a fer allò que més li plagués. Comprà una quantitat considerable de pedra volcànica i d'una mena de granit roig que es troba a la vall de Mèxic i amb la combinació d'aquests dos elements, com a base de la concepció total, reeixí a enllestir una obra que era discreta des de tots els punts de vista.

L'amo va dirigir personalment, costat per costat de l'arquitecte, el pis més alt de la casa, que es proposava habitar, i el distribuí de la manera que li va semblar millor, mutilant espais i alçant una gran quantitat d'envans que convertien la peça en una mena de rusc. L'arquitecte deixava fer i aprovava liberalment, pagador de la gratitud que li mereixia el fet d'haver pogut planejar de gust tota la resta de les obres.

I li va quedar una casa tan europea, que va atreure principalment estrangers d'aquella part del món. Hom va estendre contractes d'arrendament a txecs, polonesos, alemanys, russos, a un italià i a uns quants jueus de nacionalitat difícilment definible per a la gent que no podia fer la seva coneixença.

Com que l'arquitecte tenia preocupacions socials avançades, va construir les habitacions de terrat per al servei amb finestres tan clares i tan amples com les que agraden als senyors, i les va dotar d'equips sanitaris amb aigua freda i calenta, de manera que haurien pogut plaure a la minyona més ben acostumada de la terra.

Per les especials inclinacions del propietari, la casa va ésser inaugurada amb solemnitat i va haver-hi discursos que enaltien l'esperit d'empresa de l'amo, les seves virtuts cíviques i un especial cop d'ull que, segons expressió d'un dels oradors, constituïen el fonament honest d'una fortuna en la qual podia emmirallar-se qualsevol ambició de bona mena.

Després d'aquest acte, la casa entrà en funcions. Gomboldà les famílies amb la manyagueria dels habitatges bons i la gent descobrí, en la coincidència d'una mateixa tria, que tenien una identitat de gustos i una manera semblant d'entendre la convivència.

I és segur que tot hauria anat bé si les minyones no haguessin interpretat erradament les ganes que tingué l'arquitecte de servir-les. Fa l'efecte que els va semblar que aquelles habitacions grans, les finestres amples i el confort que hom posava a la seva disposició no era cosa per a ésser agraïda, sinó que significava el reconeixement d'uns drets que era absolutament indispensable exercir. Van perdre el capteniment que és bo que tinguin les criades, adquiriren una mena d'urc del qual no sabien fer ús i contestaven a les senyores alçant la veu, amb una absència de miraments que revoltava. Per aquest camí de l'emancipació precipitada arribaren fins a sindicar-se, i aleshores sí que s'enseyoriren del terrat i es feren fer la llei.

Podríem dir, per ésser fins, que organitzaren festes en les seves habitacions, en les quals participaven homes amics seus, que es quedaven fins molt tard de la nit i a vegades tota la nit sencera. És clar que això no constituïa una regla general, però els senyors, que s'irriten només de pensar que les minyones puguin sentir impulsos amorosos, trobaven tan grossa aquella falta que l'havien de repartir entre totes i en sofria una mica la reputació de cada una. I, a més, feia tant mal el pensament que la taca del terrat s'estengués per tot el prestigi de la casa, que el propietari es va sentir obligat a prendre mesures, consultà amb la seva dona i amb el seu advocat i vet aquí la resolució que adoptaren: van trametre a cada veí una carta circular redactada de la següent manera: "Distingit llogater i amic: estudiat per nosaltres el problema de les minyones i la seva manera d'interpretar la professió, ens ha semblat que no hi havia altre remei que treure-les del terrat. Per tant, us agrairem que prengueu una dona de fer feines, o digueu a la vostra serventa que es quedi a dormir a casa seva o en llogueu una altra que s'avingui a aquestes condicions. Això, ho deixem a conveniència vostra. El cas és que per al 15 del mes entrant heu de deixar lliure l'habitació de terrat que us correspon, i, com que això suposa una modificació del contracte,us rebaixarem tants pesos del preu del lloguer. Segurs que el vostre elevat civisme us obligarà a afanyar-vos en el compliment d'aquesta disposició, aprofitem l'avinentesa per a oferir-nos amb tot i per tot. El propietari."

II

Ja s'endevina que l'amo, que tenia l'enginy de convertir en negoci qualsevol pas que li fes donar la consciència, havia pensat en l'aprofitament de les habitacions que quedarien lliures, i va posar uns anuncis als diaris en els quals oferia a matrimonis honorables (sense fills) i a senyors o senyores sols i de reconeguda decència unes cambres de terrat assolellades, independents i amb dutxes d'aigua freda i calenta. El preu que demanava venia a ésser, poc més o menys, tres vegades l'import de la rebaixa proposada als llogaters.

Així, doncs, una nova gent d'una altra qualitat humana va habitar la casa. Poetes, pensionistes, funcionaris, una vídua que encara feia bo de veure, i algun matrimoni dels que poden viure en espais petits van poblar el terrat. Van anar-hi, també, uns quants éssers d'esperit nòmada, que podien canviar de casa cada mes sense que l'ànima els fes mal, i entre ells jo i un gos que em pertanyia. Era un gos notable per moltes circumstàncies, d'un intel·lecte que, tard o d'hora, tothom que feia la seva coneixença acabava per envejar-li. Era serè, mesurat, no formava mai cap judici sense sospesar les coses des de punts de vista oposats i quan prenia un determini el guiava sempre la justícia. Mai no m'havia suggerit res que suposés obrar torçadament o que m'induís a error. Però, difícil com és trobar cap cosa sense tara, el meu gos tenia una salut delicada, patia del pit i era precís tenir-ne cura.

L'habitació que ens va correspondre estava bé. A mi m'agradava, però el gos s'hi va entusiasmar resoltament. Em va donar a entendre que en un estatge d'aquesta mena s'inclinaria a prendre's la vida amb més calma i a dedicar-se conscientment a les coses que perduren.

Jo no havia fruït mai, com aleshores, d'unes matinades tan mestresses del món. Muntanyes altes servien el desvetllament del sol, i la primera llum de cada jornada omplia de blanesa la meva sortida de les nits. La inquietud em donà una treva i va semblar-me que podia ancorar sorra endins d'un port amic. No sabria com explicar-ho, perquè cap ciutat no m'havia ofert abans d'aleshores una pau tan adormidora.

Però hi ha designis que fan tossudament la seva via, i no se sap mai si la carícia d'una calma servirà per a congriar amb més força una tempesta, o bé quina placidesa protegeix la cara fosca de les agitacions.

III

En aquell cas, la història va optar per servir-se del meu gos per a desfermar una petita guerra. És extraordinari com van anar les coses, i ara que n'he de fer la narració m'adono que els elements dels quals es va servir l'atzar fluctuaven entre una concepció simple de l'argument quotidià —el que lliga els capítols de la vida de cada u— i una manera barroca de combinar l'imprevist.

És el cas que un dia una gran senyora alemanya que vivia al primer pis va rebre la visita d'un vell amic. Feia molts anys que no s'havien vist, però es guardaven una mútua tendresa, i, quan la senyora va trobar-se en presència d'aquella estimada persona, el celobert corresponent a casa seva va divulgar crits de joia per tot l'edifici.

El foraster venia de l'orient més llunyà i portava, per obsequiar la seva amiga, un petit tapís que tenia una gamma de valors que abastava l'art, l'arqueologia i el diner. Aquella peça exòtica va recórrer tots els pisos, en visites de meravellar, fins que un dia algú va deixar-hi caure unes gotes de te; van provar de treure la taca amb diversos líquids i finalment portaren el tapís als estenedors perquè s'assequés.

Els habitants del terrat, que només havien sentit parlar de l'objecte d'art, mostraren una gran tafaneria per veure'l. Però el meu gos i jo, que teníem un especial concepte de les coses de la gent rica, ens captinguérem d'una altra manera; afectàrem desinterès, com si el nostre esperit contingués elements més valuosos que qualsevol peça del món exterior, i no ens dignàrem a fer la visita del tapís fins que tothom l'hagué comentat elogiosament.

Estava bé, però no pas tant com volien fer creure. El gos va olorar-lo sense presses i devia agradar-li —no pas des del punt de vista estètic, és clar—, perquè va començar a menjar-se'l. I se'l menjava tan de gust que jo no m'hauria atrevit mai a contrariar-lo en una cosa com aquella. Un jueu veí va dir-me que allò era molt gros i que podia portar conseqüències gravíssimes. Vaig contestar-li que jo no ho creia així, que sovint ens complaen a bastir muntanyes a base de coses insignificants i que si la gent no exagerés tant tot tindria millor mesura. De fet, el jueu tenia raó.

Perquè mitja hora després, quan la senyora alemanya va saber que del seu tapís no en quedava res més que uns quants centímetres de serrell, va fer un gran crit i caigué esvanida. Tota la casa es commogué i el mateix propietari va haver d'intervenir-hi; em va trametre un propi amb l'encàrrec de fer-me passar pel despatx.

En presentar-m'hi em digué:

— Ja deveu suposar que us crido per tal de parlar de la desgràcia.

— Quina desgràcia?

— En casos així, el fingiment és una mala acció. Us prego que jugueu amb cartes netes. El vostre gos n'ha feta una com un cove, i, com que no té responsabilitat civil, a vós us correspon respondre de les seves acccions.

Jo no estava pas disposat a cedir.

— Ja sabeu que hi ha una determinada classe de tapissos orientals fets amb una fibra vegetal que és particularment grata al paladar dels gossos. En aquests casos, l'amo del tapís és la persona més indicada per a tenir-ne cura, i no pas els propietaris de gossos del veïnatge...

— Això de la fibra vegetal és mentida!

Estimo tant la meva honorabilitat, que mai no m'ha agradat que ningú posi en dubte les meves paraules, siguin veritat o no. Vaig alçar-me d'una revolada i vaig sortir del despatx donant un cop de porta.

IV

Qualsevol persona hauria entès que l'afer era enutjós i que valia més no insistir-hi. Però el propietari tenia l'enteniment dels rics, i al cap de poca estona em feia arribar una nota redactada així: "Us dono vint-i-quatre hores de temps per a treure el gos de casa. Transcorregut aquest termini, si no cediu, *actuaré.*"

Això em vexava. Tots els veïns del terrat ho comprengueren i s'indignaren, sobretot un conspirador txec, que no va poder resistir l'impuls d'anar a trobar l'amo per fer-li l'amenaça que, si m'obligava a foragitar el gos, els veïns del terrat matarien qualsevol dels gossos dels llogaters rics que tenien l'habitud de pujar a esplaiar-se. El propietari respongué que no podia rebre el mateix tracte el gos d'un senyor que paga dos-cents pesos de lloguer que el d'un home que només pot pagar-ne trenta; el txec va replicar, poc més o menys, que els propietaris qualssevol tenien aquesta mena de mentalitat i que ja vindria el moment en el qual tots ells se'n farien set pedres.

Pujà novament al terrat i ens digué que les relacions podien considerar-se trencades, que havia arribat el moment de confiar-ho tot a l'acció. Hi hagué algun esperit pusil·lànime, algú partidari d'entaular negociacions i fins de desprendre's del gos sense lluita, però en general un gran enardiment impulsà les decisions de la gent del terrat. Ens sentíem forts, perquè la justícia ens feia costat i teníem la sensació que, si calia sofrir, ho faríem amb gran coratge.

Dissortadament, en aquests instants d'ardidesa, un gos "basset" d'un veí del principal va pujar cercant el sol. M'inclino a creure que no es tractava d'una provocació, que l'animal ni tan sols va pensar, en aquells moments, que la seva presència pogués ofendre ningú. Però ell i nosaltres érem els motius d'un episodi que havia de desenvolupar-se inexorablement, i cada u prenia el lloc que l'atzar li assenyalava sense oposar-hi la resistència dels raonaments.

El ciutadà txec va agafar el "basset" de bursada i, sense que ningú ho pogués evitar, el llençà al carrer per damunt de la barana. L'alè se'ns va prendre i van passar uns quants minuts abans que algú pogués formular objeccions; jo vaig ésser el primer a prendre la paraula:

— Les coses tal com siguin: això d'ara, ho trobo injust i faria qualsevol aposta a favor de la innocència del gos...

El txec m'agafà pel braç i, dirigint-se a tots, digué:

— No és el "basset", pel que valia o pel que representava, el mòbil de la meva acció. Això que "hem" llençat és un símbol; és la venjança per cada una de les vegades que hem hagut de cedir la dreta als habitants de l'escala, per les vegades que hom ens ha tancat l'aigua calenta abans que a la resta de la casa, per les humiliacions sofertes, per la gana que passaríem si haguéssim de comptar amb la poca providència de tota aquesta gent. No cediu! Si ens deixem dominar per falsos sentimentalismes, haurem perdut el combat abans de començar-lo.

Una gran ovació va ésser el premi d'aquestes paraules, i jo mateix, que a vegades sóc una mica repatani, vaig estrènyer la mà d'aquell home excepcional. Tot seguit ens entrà la pruïja d'organitzar-nos i foren nomenades diverses comissions; després, va semblar momentàniament que les nostres ganes de fer coses mancaven d'objectes d'especial dedicació. Aleshores, un funcionari de l'Estat va dir que, amb el permís de tots, se n'havia d'anar a treballar.

— No us ho penséssiu pas! —va dir-li el txec—. Des d'ara s'han acabat per a nosaltres les petites obligacions, els deures de família i la dèria de les inclinacions coquines. Cada u es deu als altres i tots plegats som els servidors d'un afany justíssim.

Per primera vegada ens adonàrem de la grandesa de l'hora que vivíem. Una esgarrifança va recórrer el grup, com una alenada de vent damunt d'un camp de blat, i tots traçàrem els projectes de futurs heroismes.

V

I això que el descans no va ésser prou llarg perquè la fantasia teixís quimeres més altes. Perquè molt aviat va venir a veure'ns l'advocat del propietari, amb un gran plec de papers sota el braç.

— Senyors —digué—, s'ha comès un delicte de danys contra la propietat d'altri i vinc a instruir les primeres diligències. Doneu-me els noms, edat i sexe de cada un de vosaltres.

Una gran rialla va esbatanar les boques de la meva gent; algú va acarar-se a l'advocat i li preguntà si preferia anar-se'n voluntàriament o que el foragitéssim fent ús de la violència.

— Us guardareu ben bé de tocar-me! —digué l'"home de lleis"—. Hi ha cinc o sis articles de la constitució vigent que m'emparen, i a part d'això represento els alts interessos de la justícia.

Jo li vaig contestar que nosaltres representàvem una nova concepció dels drets de l'home i una nova llei, i tot seguit ens abraonàrem damunt d'ell i el llençàrem escales avall d'una empenta. L'advocat rodolà pels graons, i els papers que duia voleiaren fent remolí, perdent d'una manera visible el seu poder obligador.

Després d'aquesta violència inicial tractàrem d'organitzar la resistència; vàrem fer un fons comú amb els diners i els valors de tots, i una llista dels queviures a la nostra disposició. Aquest darrer recompte ens va descoratjar: racionant-lo molt bé, teníem menjar per un parell de dies.

Acordàrem trametre un jueu al carrer, amb els diners necessaris per a adquirir provisions. Havíem comprès que era necessari fer-ho de seguida, abans que els rics s'organitzessin. Però ja era tard; el jueu no va poder passar del segon pis i retornà amb els vestits esquinçats, escabellat i amb el rostre pàl·lid.

— Estem assetjats! —digué.

La notícia ens va atuir. Un polonès que havia estat oficial de reserva s'assegué a terra i, agafant-se el cap amb les mans, digué:

— No tenim salvació. Hi ha un adagi militar que diu que plaça assetjada és plaça vençuda.

Algunes dones començaren a plorar, i la moral de tots va descendir. O, per ésser ben exactes, la moral de tothom fora del resistent txec, que tenia una gran fermesa de caràcter. Amb la seva veu dominadora requerí la nostra atenció:

— En tot cas, el setge serà mutu. Perquè dominem la vertical de la porta d'entrada a la casa i tenim en el terrat dos-cents cinquanta testos que podem utilitzar com a projectils. I a més —afegí— tenim l'aigua de l'edifici sota el nostre control.

Era cert. Allí hi havia, a l'abast de la mà, els dipòsits que nodrien les venes de plom de la casa. ¡Quina força ens donava el seu domini! Els senyors ens avantatjarien, segurament, en quantitats d'aliments, però nosaltres teníem el líquid indispensable, sense el qual la vida es fa impossible.

VI

Tallàrem els conductes de sortida de l'aigua. Abans, algú va proposar emmetzinar-la, però fou objecte d'una general reprovació, perquè sentíem la necessitat de fer elevada la lluita, respectant uns principis sense els quals mancaríem de la simpatia de l'exterior. A més, no teníem cap metzina a la nostra disposició.

Les dones arrencaren les plantes dels dos-cents cinquanta testos, amb l'encàrrec d'estudiar la manera de guisar-les. Els homes ens repartírem les guàrdies, establírem torns de vigilància i fou nomenada una comissió que havia de dedicar-se a redactar un document que expliqués els objectius que perseguíem i tot allò que tractàvem de reivindicar.

Va iniciar-se una lluita terrible, en la qual tots ens arriscàvem a perdre l'alta qualitat humana que ens era tan grata. Cap al tard, quan començava a fosquejar, va registrar-se el primer fet de sang: un senyor que intentava sortir furtivament de la casa fou esberlat per un dels nostres testos; va quedar estès a la vorera, fins que els seus l'estiraren per les cames i l'entraren novament a l'edifici.

Vingueren la fam per als uns i la set per als altres, les llargues nits de desvetllament, preparant i tement sorpreses, i les vacil·lacions que tota lluita comporta, els dubtes sobre la justesa dels ideals en pugna i l'enyorament de la normalitat.

Uns quants periòdics intentaren trametre corresponsals. Però la nostra temença que els rics no se'ls fessin seus abans que els fos possible arribar al terrat ens obligà a negar-los el permís d'entrada que, agitant banderes blanques, ens demanaven des del carrer.

El Govern va tenir en aquest cas una feblesa imperdonable. Es recolzava en les classes populars; però, com que estava influït per la burgesia, va optar per no decantar-se per cap bàndol i no tenia altra preocupació que evitar que la lluita s'estengués pel país. Procurà que no se'n fes publicitat i va ordenar a la policia que cenyís la casa amb un cordó d'homes, sense intervenir-hi majorment. Les comunicacions telefòniques foren interrompudes, és clar, i quedàrem aïllats, abandonats al nostre propi esforç amb la convicció que el premi vindria d'una més gran resistència.

Al cap de cinc dies, una de les dones enfollí; agafà d'improvís el guardià de la porta i baixà les escales apressadament. Sentírem renou de baralla i no la vam veure mai més. El dia abans havia estat víctima de miratges: veia menjar en el no-res i s'hi precipitava amb la boca oberta.

La situació empitjorava cada dia, per la manca d'aliments, però sabíem que la set torturava els veïns i que alguns d'ells ja s'havien tornat boigs. A més, començava també a escassejar-los el menjar i tenien la desesperació de veure que l'autoritat no els assistia.

Una nit en la qual em trobava de guàrdia juntament amb un company, vam veure que per un dels terrats veïns s'acostava una persona amb un drap blanc a les mans. Li cridàrem que no avancés més, i respongué que era un amic, que no havíem de témer res; un cop detingut i interrogat, va resultar ésser un representant dels quàquers, que venia a portar-nos aspirina i panets de Viena.

Quina providència, Senyor! Aleshores sí que podíem anar a l'encalç de la victòria, perquè estàvem en condicions d'aguantar aquest minut de més que, duent-lo d'avantatge damunt de l'adversari, dóna el triomf.

Noves energies assistiren el nostre combat diari, i cantàrem himnes perquè els enemics comprovessin que no defalliríem mai. Llençàrem, tambe, pamflets de propaganda pels celoberts, invitant a la rendició. I reeixírem a expressar tan clarament la nostra capacitat de subsistència, que quaranta-vuit hores més tard els senyors ens adreçaven un parlamentari encarregat de capitular i demanar-nos condicions.

Ara no podria dir si sabérem ésser justos o si ens deixàrem portar per l'embriaguesa del triomf. El que puc afirmar és que aquella placidesa d'abans no tornà mai més; que, fets els comptes, no hi havia cap guany que justifiqués la pèrdua d'algun company estimat o de persones que, a desgrat de no ésser del nostre braç, eren susceptibles que hom hi tingués tractes cordials. I, a més, ens quedà el pessigolleig de l'aventura, que no ens deixà assossegar mai més.

Això sí: tenim —i la guardem sempre— una carta que ens va trametre una de les Internacionals, en la qual se'ns felicita per la nostra lluita, a desgrat del seu caràcter excessivament local. Hom ens diu que el nostre cas ha estat degudament anotat i que quan vingui l'hora de les grans compensacions ens serà donat públicament el premi.

LA CLARA CONSCIÈNCIA

Després de dues hores, el meu amic va canviar sobtadament de conversa. Arribà a turmentar la cigarreta amb tots els jocs dels fumadors, i els llavis se li aprimaven prodigiosament.

Diverses vegades, havia donat per inèrcia la meva conformitat a idees que en realitat em revoltaven. Tenia una mandra absoluta de parlar i de pensar. Tots els meus desigs, i tota la satisfacció dels meus desigs, es reduïen a contemplar amb els ulls mig closos un tros de motllura del sostremort, on el guixaire creà un mariner que s'enfilava pel tronc d'una magnòlia. Sentia aquesta gran felicitat que ens sorprèn, de vegades, per la seva senzillesa.

Les paraules del meu amic m'arribaven amb una regularitat desesperada, atropellant la intimitat del meu benestar:

— Pots estar-ne segur. Hi ha un equilibri entre la manera que tenim de comportar-nos a cada moment present i la manera com ens haurem de moure en cada moment futur. Ho he llegit en alguna banda i puc assegurar-te que l'autor del pensament té tota la raó. Cap dels meus petits actes d'ara no es perdrà. Tots ells tenen una relació absoluta, precisa, amb els meus actes de demà. Quan hi penso m'afligeixo, perquè no hi ha res que sigui començat i acabat d'acord amb la nostra voluntat. Les anècdotes que fan la nostra vida són elaborades d'antuvi i nosaltres hi participem en una proporció molt petita.

Aquella vegada vaig abandonar la meva abstracció:

— Aquesta és una idea vella, amic. Dotzenes i dotzenes d'aprenents de filòsof s'hi han capficat en va. A més, la idea té un error fonamental, i és que, contra el que ella suposa, de la voluntat ben administrada se'n pot fer el que es vulgui. No parlo perquè sí. T'ho demostraré.

Vaig treure el meu rellotge d'or, un rellotge magnífic que m'havia regalat la meva mare, i, apartant la tassa del cafè i la sucrera, vaig posar-lo esfera enlaire damunt el marbre de la taula.

Sobre l'escalfapanxes del meu saló (tots els meus coneguts ho saben) tinc una estatueta de bronze, de Domwart, que representa la puixança de la raça eslava. Vaig agafar l'estatueta per les cames i vaig donar un cop formidable, amb el bronze, damunt el rellotge d'or, que va descompondre's d'una manera visible.

—Què et sembla? Heus ací un acte aïllat de domini. Això que he fet afinant la meva voluntat no tindrà cap transcendència, ni cap repercussió, ni altres derivacions que les que jo mateix he previst a l'instant de donar el cop.[1]

Espolsant-me unes rodetes que m'havien anat a parar damunt la màniga de l'americana, vaig tocar el timbre perquè vingués la minyona.

—Mira: recull això i llença-ho tot. No et facis mal amb els vidres.

El meu company va mirar-me una estona, desolat.

—No m'has entès. No era això el que jo volia dir exactament. Encara que l'afer del rellotge et sembli liquidat, no ho està. L'hauràs de substituir per un altre, el rellotge, i aquesta substitució et farà fer quelcom, demà, que aquest matí no preveies...

Era tossut i poc àgil fins al límit.

—Canviem de conversa, creu-me. Et cases dilluns, oi? La Julieta és una gran noia. Mira de fer-la feliç, eh? No fem coses, ara!

D'una manera subtil, l'havia acompanyat fins a la porta, i es va trobar amb el barret posat i desitjant-me una bona nit sense adonar-se'n.

Dies després, quan els diaris van parlar del seu fet divers, no encertaven pas el to que millor calia. Posaren el

[1] Efectivament, aquell acte de la destrucció del rellotge no va alterar per res la meva vida.

seu nom, la seva edat i el seu ofici, exactament amb la mateixa indiferència que els mereixia l'ofici, l'edat i el nom de la portera de la casa davant la qual va esclatar la bomba.[2]

Quan vaig entrar a la sala de l'hospital que l'allotjava, el meu amic estava deshumanitzat.

— Fas molt bona cara! —vaig dir-li—. Es veu que no ha estat res això.

— Sí, eh? Doncs, mira, m'estic morint.

Anava a protestar, fent un gran gest de tot el cos, significant que mai no li havia concedit tants anys de vida com aleshores. Però el metge m'ho impedí, dient:

— Té tota la raó. No el contrarieu, perquè es veu que no hi enteneu gens.

Va dir-ho cridant tan fort que el meu amic sentí les seves paraules tan bé com jo. Això, naturalment, m'escandalitzà, i vaig dir al doctor que parlaria d'ell a la Direcció de l'hospital.

— No cal —em digué el meu amic—. Si ell sap que m'estic morint, és perquè jo mateix li ho he dit.

El metge se'n va anar, amb el cap alt i picant de talons.

— Per què m'has fet cridar amb tanta urgència?

— He de confiar-te quelcom molt important abans de morir-me. Seu.

Amb la mà que tenia lliure (un dels braços, el portava sotingut per una enorme fèrula) va apartar-se un tros de bena que li tapava els ulls i em va mirar. Però quina mirada! Era la mirada dels moribunds que tenen secrets per dir.

— Escolta'm i no m'interrompis. Tinc les forces justes per a dir-te el que t'he de dir. Si no fos per això, m'hauria mort ahir, a dos quarts de vuit del vespre.

Ja sé que d'altres s'han trobat en situacions com aquella i que la meva posició no tenia res d'extraordinària. Però em sentia inconfortable i estava desolat.

— No parlis, home, que et serà dolent. Tingues cura

[2] Pot semblar que l'esmentada portera podia tenir també el seu "cas" interessant. Res menys cert. La mort de la portera no va alterar cap projecte.

de la teva salut i posa't bo, o si no la Julieta tindrà un disgust de mort.

El moribund va demanar-me que callés, d'una manera tan expressiva, que no em restà altre recurs que complaure'l. I aleshores m'explicà el seu secret, gairebé sense renovar l'alè, d'una tirada.

—L'altre dia em vas trobar pesat, a casa teva. Te'n recordes? Et semblava que no et divertia prou i que era incapaç d'elaborar idees noves per divertir-te. Vaig haver de cedir perquè no tenia res per a afirmar el meu prestigi. Però ara és diferent. Ara tinc les meves ferides i et sóc infinitament superior. Són alternatives de la vida.

"Aquella tarda jo ja tenia una clara consciència de la meva fi. Sóc fatalista, ja ho saps; demà passat farà dos anys que t'ho vaig dir. Per mi, cada vegada que hi ha un bombardeig (o qualsevol altra catàstrofe, de caràcter militar o civil) les víctimes són gent assenyalades d'antuvi.

"L'enemic bombardeja avui la ciutat, per exemple, i fa quaranta morts. Immediatament, trenta, o cinquanta, o cent persones més formen l'equip per a ésser immolades en el pròxim bombardeig. De moment, es mouen i segueixen vivint com els altres, i, també com els altres, aprofiten qualsevol sensació de benestar a la reraguarda per a dir: "N'hem sortit, d'aquesta. Ara, a esperar-ne una altra i que la Providència ens protegeixi."

"Però arriba el bombardeig i tot l'equip desapareix amb les seves il·lusions i les seves esperances. Un altre grup ocupa el seu lloc i espera.

"La ciutat s'ajup a aquestes alternatives i dóna la seva gent. Com que ningú no sap el seu destí, aquest gran joc transcorre amb una certa placidesa i l'etapa d'espera (que seria la pitjor) pesa igual en el cor dels escollits per a morir com en els destinats a supervivents.

"Jo formava part, com has pogut veure, de l'equip de les víctimes del darrer bombardeig. Però jo sóc molt sensible, i vaig tenir consciència de seguida del que m'esperava.

"Vaig despertar-me, una vegada, a mitjanit. Quelcom m'havia sacsejat l'ànima brutalment. "Ja sé què és això —vaig dir-me—. Les primeres bombes que tornin a caure damunt de la ciutat em mataran."

"Pot arribar-se a conclusions com aquesta de diverses

maneres, i pot ésser també que no s'hi arribi mai. El que puc afirmar és que, un cop establertes, hom no pot estar tranquil. Mai no m'he estimat la vida, he estat sempre dissortat i a desgrat de tot no em resignava a morir.

"Passa sovint (i això t'ho dic de passada perquè ho tinguis ben present) que la gent més feliç i més ben tractada per la vida és la que tem menys la mort.

"L'endemà, de bon matí, vaig incorporar-me en el llit. Per la finestra oberta entrava un dia serè, més bonic que els altres. Unes mosques volaven per la cambra i es feien l'amor, la qual cosa em tranquil·litzà. "Heus ací que tot rutlla com cal (volia enganyar-me a mi mateix). A vegades aquest cops de cor no serveixen per a res."

"Del meu llit estant, veig perfectament les cases que hi ha a l'altra banda del carrer. Enfront mateix, hi tinc una conselleria, i aquella matinada un uixer havia sortit al balcó del departament oficial amb un paquet de drap sota el braç. El veia molt bé.

"Va espolsar la barana, collí de terra un tros de fusta i va llençar-lo al carrer. Després, s'atansà al pal de la bandera, lluità una estona amb unes cordes i es disposà a hissar l'ensenya catalana.

"Com una empenta contra el vent, va colpir-me una idea: "Si la bandera s'atura a mig pal, estic perdut." L'uixer va estirar la corda, i en arribar el drap a mig pal alguna cosa va fallar i la bandera s'aturà.

"Estava tan encantat, que n'hauria tingut prou, per a respirar, amb una engruna d'aire. L'uixer va mossegar la corda, en tallà un tros amb un ganivet de butxaca i finalment, amb una batzegada, la bandera s'enfilà fins dalt de tot.

"En aquell moment va entrar la meva mare portantme el diari i un vas de llet. De bon matí, la meva mare m'explica sempre les seves primeres impressions del dia. "Has dormit bé, fill meu? Ja cal que et guardis molt, avui. M'han dit a la plaça que tindrem bombardeig."

"Que em guardi bé, dieu? Sí que l'hem feta bona!" No vaig dir-li pas res, però. No calia turmentar-la a ella, comprens?

"En obrir el diari, el primer que vaig veure fou un gran titular que deia: "Atenció a les disposicions oficials, ciutadans! És possible que els avions enemics ens visitin sovint."

"Hi ha pressentiments de poca consistència, que són bandejats fàcilment per qualsevol espurna de bon viure. Però el meu pressentiment tenia una rara fermesa. Potser és que, més que d'un pressentiment, es tractava d'una clara consciència i fonia els dubtes com la flama viva fon el gel.

"Sovint, les persones que saben que van a morir es diuen que cal arreglar llurs coses. Per atavisme, jo també vaig dir-m'ho, però no vaig pas saber què era el que calia arreglar. ¿Et sembla que val la pena d'arreglar res en un cas així?

"Mentre m'afaitava, aquell matí, se'm va ocórrer una cosa molt notable: Em vaig dir: "Tots els passos que he de fer avui, el destí els ha previstos per endavant. Cada gest que em menarà a col·locar-me a prop de la bomba, a hores d'ara ja està determinat. Doncs bé, ¿no és possible que em rebel·li contra la normalitat que permet a aquest destí prendre les seves mesures?"

"No em negaràs que la idea era engrescadora. Vaig arrapar-me al mirall i em vaig fer un petó amb tota la tendresa del món.

"L'home s'aferra a les seves esperances amb una puixança única. Això, ja ho han dit tots els novel·listes i és absolutament cert. Des del moment en què va semblar-me haver trobat un punt d'eixida, la meva voluntat va tibar-me com una ballesta armada i vaig concentrar tota l'atenció a contrariar allò que constituïa la meva habitud.

"Fins aleshores, cada un dels meus actes es repetia quotidianament, com en una mena de ritual; es produeix, crec jo, un acord entre el treball dels músculs i les necessitats de l'oficinista. Ve un moment en què el cos sol ja sap el que ha de fer i no cal preocupar-se'n gens; jo havia arribat a aquest punt de maduresa. Imagina't el trasbals que suposava abandonar de cop i volta la placidesa dels meus procediments provats i dedicar-me a fer tot de coses que no solia fer mai, i imaginar tot allò que pogués sorprendre el destí.

"Vaig començar, abans de sortir, per prescindir del petó de sempre a la mare. En canvi, vaig imposar-me una cosa que violentava profundament els meus principis: agafar la minyona pel meu compte i donar-li quatre cops a l'anca.

"Després, en anar a posar els peus al primer graó de l'escala, em semblà que, aquell acte que realitzava cada dia, el destí podia haver-lo tingut en compte. Vaig retrocedir per tal de sortir de casa pels darreres, despenjant-me per unes canonades de celobert. Descendir l'alçària de tres pisos d'aquesta manera, per a un que no hi tingui pràctica, suposa passar-hi una bona estona, esverar una colla de persones, fer un bruit desacostumat i exposar-se a un accident de molt males conseqüències. En arribar a baix, la portera de casa ja m'esperava. "¿Que se us ha "espatllat quelcom", senyoret?"

"En comptes de contestar-li, vaig fer-li l'última cosa del món que m'hauria atrevit a fer-li: aixafar-li el nas ben aixafat amb el palmell de la mà. Un cop al carrer, en lloc de dirigir-me cap a la muntanya, que era la direcció que prenia cada jorn per anar al lloc de treball, vaig dirigir-me cap a mar.

"Allò era una vida nova, un repte a la fatalitat. Però canviar de ruta, només, va semblar-me poca cosa, i estava convençut que si no fingia un canvi del meu temperament, d'una manera total, el destí s'aprofitaria de qualsevol falla que cometés i realitzaria els seus designis. Des d'aquell moment, un desballestament absolut del meu "jo" va guiar-me els passos i ni els amics més íntims no m'haurien reconegut. Fa poca estona, ha vingut a veure'm un company i m'ha dit: "Aquest matí, al carrer de Muntaner, he vist un boig que s'enfilava als arbres i tirava boles de paper als transeünts. S'assemblava extraordinàriament a tu."

"No li he dit pas que era jo mateix. Fet i fet tampoc no m'hauria cregut.

"Cada vegada trobava l'ardit més bo. Era impossible que cap bomba vingués a cercar-me a mi sota aquella aparença desvagada i atrabiliària. Venia un gos, per exemple, i jo em deia: "Ara, si seguissis el teu instint natural, t'apartaries del gos i el deixaries passar tan lluny de tu com fos possible. Doncs, no; cal fer-ho ben bé d'una altra manera." M'acostava al gos cridant com un esperitat i li clavava la gran puntada de peu sota la barba.

"Al carrer d'Aragó, xamfrà Rambla de Catalunya,

vaig trencar la mandíbula inferior d'un *setter* holandès. El seu amo, que s'estava prenent un iogurt al bar de la cantonada, s'alçà molt irat i em preguntà: "¿Per què heu fet això?" Jo vaig contestar-li preguntant: "En teniu cap més, de gos?" "Sí, en tinc un altre, a casa, que és la parella d'aquest." "Doncs porteu-me'l, que li estavellaré el cap amb les sabates."

"L'home es va tornar molt vermell i em desafià. Va donar-me una targeta seva, després d'escapçar-ne un angle, en senyal d'invitació al duel. Vaig menjar-me la targeta, el vaig saludar polidament i vaig prosseguir la meva nova via Rambla avall.

"Mai no he dit res a les noies, pel carrer. En una ocasió com aquella, era del tot precís que digués quelcom a cada una de les que passessin a prop meu. Però això ja és més difícil d'improvisar; cal tenir l'experiència i l'aplom que donen la pràctica i les disposicions innates. Si en totes les ficcions la manca de preparació em feia semblar poc natural i afectat, en aquella de dir coses a les noies fracassava sense pietat: "Quin vestit més bonic, redena! —se m'acudia—. No n'havia vist mai cap que fes tant goig."

"Elles em miraven esbatanant els ulls, expressant-me que era un crim que hom em deixés anar sol pels carrers. A una dona molt bonica que vaig veure venir de lluny —i per tant tenia temps de preparar una gentilesa que estigués bé—, li vaig dir: "¡Molt bé, molt bé! Així m'agraden!"

"Era una ensulsiada total, implacable, engendrada per una d'aquestes violències que només es poden fer per tal de salvar la vida. Però això darrer, almenys, estava a punt d'aconseguir-ho; sentia que el destí m'havia afluixat els ressorts de comandament i m'adonava que estava vivint pel meu compte exclusiu. És segur que, si hagués pogut sostenir l'atenció, la meva idea hauria reeixit del tot.

"Però les forces m'abandonaven; cada nou xoc amb la manera de moure'm que m'imposava em deixava més feble per a la pròxima topada. A més, veia que em fallava la fantasia; només se m'acudien petites trapelleries sense consistència, que més que transformar els meus costums els disfressaven.

"Caminava per barris desconeguts, enmig de rostres que no podien expressar gens de pietat pel meu cas. A vegades, després d'una de les meves cabrioles, cercava una mica de comprensió entre els espectadors, però no n'hi trobava gens, comprens? "Gens!" Gairebé sempre tenim l'afany de donar publicitat a les nostres penes, d'explicar als amics i coneguts tal cosa o tal altra que ens afligeix. En aquella ocasió, jo tenia necessitat d'anunciar l'estat del meu enginy i les meves esperances, però no podia ferho, perquè obrava d'amagat del destí, i quan les coses es fan d'amagat cal procedir amb cautela.

"Recolzat en un arbre d'un carrer que no havia trepitjat mai, vaig plorar. Estava tan desfet de moviments, i devia tenir un aire tan infantil, que una dona va preguntar-me si m'havia perdut. Aleshores començava a veureho tot d'una altra manera. "Fes el que vulguis —em deia a mi mateix—, t'atraparan. Tu et veus obligat a improvisar i 'ells' (em referia als qui administren el destí) tenen molts elements per a fer les coses ben fetes. A hores d'ara, ja deuen saber de què va."

"A dues passes del lloc on em trobava, un nen havia trencat un pot de confitura contra la paret. La seva mare intentà per uns moments perseguir-lo, però la criatura era més àgil i se li escorria dels dits; finalment, la dona s'aturà i digué: "Ja vindràs, ja! Tard o d'hora arreglarem comptes!"

"Allò va obligar-me a mirar el cel, amb un esguard de repte. Jo tinc molta dignitat, ja ho saps; ¿podia resignarme a ésser arreplegat per l'esquena, evadint-me, a ésser sorprès fent trampa? Fet i fet, sabia que tots els qui tracten d'evadir-se del destí acaben per ésser-ne víctimes.

"Sense adonar-me'n clarament, es veu que ja havia pres partit. Vaig agafar un taxi i li vaig donar —com ja deus haver suposat— l'adreça del despatx. Retornava al meu lloc habitual, sense glòria, però amb un heroisme que em feia molta companyia.

"Jugant al carrer, davant del despatx, hi havia un grup d'infants. Els vaig dir que s'allunyessin d'aquell indret, que tindríem bombardeig, i que era millor que se n'anessin a casa per prevenir llurs mares. A un policia que contemplava l'escena una mica perplex, vaig dir-li que si volia començar a tocar el xiulet no hi perdria res, puix que l'alarma era imminent. Alguna cosa, dintre meu, m'anunciava que el desenllaç era cada vegada més pròxim.

"Quan va sentir-se la primera sirena, acabava d'arribar a la meva taula i m'asseia a la meva cadira, per tal de col·locar-me al centre de la vida quotidiana. L'explosió fou enorme; vaig veure una màquina d'escriure que volava per anar-se a estampar contra la paret i sentia per tot el cos el dolor de les coses que es trenquen per sempre.

"I ací em tens, fet malbé i amb un dubte nou. Ara pregunto: tenia dret a disposar així de la meva vida?

El meu amic va callar. Unes llàgrimes se li havien escapat dels ulls i regalimaven galtes avall. ¿Per dir-me "allò" m'havia cridat amb tanta urgència?

— Per dir-me això m'has fet venir?

No va respondre'm; el metge s'havia acostat al llit i examinà el pacient amb un aire desmenjat.

— Ja està —digué—. No cal amoïnar-s'hi més.

Abans de marxar, vaig cridar el metge a part, per dir-li:

— L'han matat les il·lusions, no us sembla?

Però era un home estúpid, incapaç de reflexionar; tot anant-se'n, em respongué:

— No ho cregueu pas. Les il·lusions no maten ningú.

1938

L'HOME I L'OFICI

Hi ha qui diu, amb l'assistència del seny, que sovint negligim les coses d'aparença mínima i ens dediquem a exaltar aquelles altres que omplen els ulls pel seu volum. L'elevada murrieria d'aquesta reflexió podria ésser provada del natural, fent ús d'exemples quotidians i sense moure's de la vida llisa. ¿Qui menystindria, doncs, la sort de poder-se valer d'un cas singular, demostratiu d'altes valors? Ningú, que sàpiga, o almenys ningú que tingui neta la consciència ciutadana.

Hi va haver un inventor —l'apologia del qual figurarà aquí— que va fer la total dedicació del seu esforç al millorament de l'art de viure. Tenia una vocació que no es distreia i una fantasia lleial, elements amb els quals hauria pogut aspirar a ésser un inventor de gran espectacle, fent coses amb els salts d'aigua i construint turbines gegants, o ideant enormes mitjans de transport interoceànic. Però va renunciar des del principi a valer-se de la seva capacitat per a aconseguir el lluïment personal i es dedicà de ple a l'anònima labor de fer més habitable la llar humil, amb aportacions com les forquilles de punta perenne, el foc que es revifa sol, el nus que es desfà a voluntat i tantes i tantes altres coses, amb la llista de les quals podrien cansar-se lectors d'acreditada avidesa.

Això no obstant, el que és realment interessant des del punt de vista humà no és pas allò que va inventar, sinó la gran inclinació que sentia per l'ofici i la manera com s'abstreia de tota cosa que no fos la solució dels problemes que es plantejava. Ell creia que no havia estat mai malalt, i és que les malalties li passaven desapercebudes, o en tenia només petites percepcions professionals, com en el cas de la febre, que li feia anar més de pressa l'enginy, o el dolor, que li semblava una forma comminatòria que prenien les incògnites que tenia pendents, impulsant-lo cap a la seva solució.

Com que no comptava els anys, sinó les troballes, i les seves èpoques estaven subjectes a una divisió que no tenia el suport oficial, va quedar-se sense infantesa ni joventut; era una persona sense edat, que envellia o es veia més jove segons l'assistís o no la inspiració. No era sempre feliç, però quan tenia un encert ho era tant que oblidava totes les llacunes de tristesa que havia anat deixant darrera seu.

Estava acostumat als desficis, i milers de tics estremien la seva pell. Semblava que no hi podia haver cap frisança que l'agafés de sorpresa, i a despit de tot vingué un dia en el qual va guanyar-lo una nosa indefinible; sentí de sobte l'enyorament de coses desconegudes i un gran desig d'evadir-se per camins petits. De bon començament, va creure que la seva aptitud creadora prenia una nova jeia i provà de treure'n partit aplicant-hi tota l'atenció. Però aquell neguit creixia, les seves facultats per a concentrar-se es van tornar vaporoses i no podia tancar-les dins la mà closa de la seva voluntat. I, a més, va perdre la poca gana i la poca son que tenen els inventors, i la seva mirada prengué l'aire de seguir rastres inexistents.

Era evident que es decandia, i per tal que la ciència l'ajudés a evitar-ho va anar a trobar el metge.

El metge se'l va mirar de bona fe, li va fer unes quantes preguntes impertinents i després, mentre l'inventor es vestia, va donar-li un copet a l'esquena i li digué:

— Potser us reclama l'amor. Qui sap?

L'inventor va quedar-se esbalaït, amb una cama alçada a mig posar dins dels pantalons. Estava sòlidament establert en el centre d'una idea fixa, i li era precís resoldre els problemes secundaris d'una manera perdurable.

Sortí caminant d'esma, amb les mans agafades al darrera, sense sospitar que en aquells moments el seu destí ja proveïa, empenyent-lo suaument cap a un xamfrà pel qual no tenia cap inclinació precisa. En tombar-lo, topà amb una distingida senyoreta i la va fer caure de clatell, voltada patèticament per tots els paquets que portava. La mare de la noia, en comprovar que sortia sang del nas de la seva filla, va fer un crit i abandonà els sentits, formant amb el seu cos i el de la senyoreta una creu que clamava al cel i omplia d'oprobi l'inventor.

La gent va fer rotllana, dotzenes de boques murmuraven i l'inventor, de tan desconcertat, es va treure el barret i l'esquinçà lentament.

— A veure què farà, ara. Pòtol!

— A mi em sembla —digué un empleat de banca— que hauríem de donar assistència a les dames...

— No, de cap manera. No es pot tocar res fins que vingui la policia.

I tot de dits assenyalaven el culpable, que ja es furgava les butxaques per demostrar que tenia tots els papers al corrent. Es va treure la cèdula i l'anava ensenyant a tots els espectadors, que se la miraven amb hostilitat, perquè la contemplació de la sang els enardia i no podien perdonar.

Finalment, l'inventor comprengué que si no jugava fort perdria la partida. Es plantà enmig del cercle, va estendre els braços i digué:

— Senyors: estic disposat a reparar la falta casant-me amb la senyoreta.

La mare va alçar-se de bursada, l'agafà per la solapa i va preguntar-li si era persona de possibles. Sense esperar resposta, s'acarà a la multitud i digué que allò ja estava llest, que cada u podia reprendre la seva feina, i, tocant amb el peu la seva filla, va dir-li:

— Apa nena, no siguis fleuma. ¿Què pensarà aquest senyor?

Entre tots dos la van collir de terra, i quan quedaren sols la dama acomiadà l'inventor amb aquestes paraules:

— Mireu, jove: haureu de parlar amb el meu marit. És una persona molt estricta, però raonable. La nena és un pom de flors. Jo no sóc partidària de festeigs llargs. Demà, a les cinc, us esperem a prendre el te. Sigueu puntual i mudeu-vos, perquè la primera impressió és la bona.

S'oferiren mútuament les adreces i reprengueren els camins oposats que portaven quan van fer coneixença.

L'endemà l'inventor començà la jornada amb una gran agitació. Va raspallar la seva levita negra i es posà un coll i un barret fortíssims.

Arribat el moment, el dring d'una campaneta oculta va encomanar-li una sobtada pressa i sortí al carrer empresonat pel seu vestit nou, caminant de la manera que caminen les persones dominades per una forta vocació, desconeixent els semàfors i els perills urbans, canviant les passes sense tocar gairebé el terra, com pinzellades damunt l'asfalt. L'àngel de la guarda, amb una bata blanca, el seguia de prop i, a vegades, l'agafava pel coll de l'americana amb la mà dreta, deixant-lo en suspens entre el límit de la vorera i la calçada, en el moment en què un vehicle de molts cavalls passava fent trepidar les cases.

Ell s'arreglava el coll, mirava el seu protector amb una espurna de rancúnia i seguia camí. En una ocasió, va girar-se d'una revolada i picà els dits de l'àngel.

— Ja ho havia vist —li digué—. ¿Que us penseu que sóc un ase?

L'àngel expressà amb un gest la seva infinita paciència i a la primera cantonada va deixar-lo, sense dirigir-li la paraula. Però ja es trobava davant la casa de la noia.

Era una casa aïllada, tapada totalment per les heures i voltada per una reixa de forja, decorada amb uns motius en ferro que reproduïen escenes d'una guerra per la possessió de nous mercats. Hi havia també un jardí, que absorbia els sorolls de la ciutat i els ofegava; feia l'efecte que les flors i les heures de la casa es nodrien precisament de la mort dels sons del carrer, i que el silenci els anava millor que l'aigua i el sol. Per què? Ningú no sabria dir-ho.

L'inventor obrí la reixa, només empenyent-la suaument, sentí l'esgarrifança de trepitjar la grava, i l'alenada freda dels jardins desconeguts va canviar-li els colors de la cara. Abans de trucar a la porta, tingué l'inútil gest d'aclarir-se la veu, fingí aplom i acusà la seva presència.

Va obrir-lo una serventa vella, que semblava de roba. Li demanà la tarja i, després de deixar-lo instal·lat en el rebedor, va anar-se'n per una foradada de cortines.

L'inventor tenia la sensació d'haver passat el llindar d'un més enllà assequible. Aquella casa adormia els sentits; damunt de cada moble propici hi havia un quinqué, i una olor esmorteïda de seda i de petroli escampava embriaguesa. Des d'algun lloc amagat, una capsa de música anava repetint una cançó de caçadors, i innombrables figures de porcellana havien quedat cristal·litzades en l'actitud inicial de seguir el ritme.

La tela estampada ho presidia tot, i els retrats de dos emperadors romàntics, en moments diversos de la seva vida, embellien les parets.

L'inventor s'anava rendint a una somnolència inevitable, i quan ja estava a punt de tocar amb el nas la perla que duia a la corbata va sortir un senyor vestit amb un cot llarg i un casquet de vellut negre. Fumava una pipa de guix, i per una levíssima agitació dels seus bigotis s'endevinava que volia expressar bonhomia.

Va estrènyer la mà de l'inventor i li digué:

— De manera que vós sou el jove que us voleu casar amb la Sofia, eh?

— Sofia es diu?

— Sí.

— Ah!

Aquell senyor l'acompanyà cap a l'interior de la casa, i, a mesura que s'anava endinsant en la intimitat que li oferien, el guanyava la sensació que s'endreçava dins un gran calaix. Sentia el que deuen sentir els cadells quan furguen un manyoc de roba per a quedar coberts i ajaçar-se, o el que sentirien, si poguessin, les joies guardades en els seus estoigs.

Hom el va fer passar en una sala que era, diríem, l'exacerbació de l'esperit de la família. En un sofà prop d'una llar apagada, hi havia la mare i la filla, vestides amb gases de colors i discretament pintades.

La senyora va saludar-lo amb un gest de cap i li preguntà:

— Que no heu portat flors per a la nena?

— No. Calia fer-ho?

— I tant!

Va fer el gest de sortir a comprar-ne, però el van agafar per la levita i li digueren que, mentre ho tingués present per una altra ocasió, podia ésser fàcilment perdonat.

Li oferiren cadira i, quan tothom cregué que la reunió ja podia ésser començada, el pare reclamà l'atenció general:

— Fa un temps magnífic, eh? Demà passat farà sis anys quc tenim el mateix president del consell de ministres. Jo, francament, trobo que...

La mare va donar-li un cop amb el seu ventall i li digué que no divagués, que el jove havia vingut per arreglar el seu casament amb la Sofia.

— No ho oblido pas; teniu diners, jove?

L'inventor, instintivament, es posà els dits a la butxaca de l'armilla, però tota la família alhora va advertir-li que es referien a la seva posició.

— Tinc moltes possibilitats —respongué—. Sóc inventor.

— Inventor de què?

— De petites coses de gran utilitat.

— I rendeix beneficis, això?

— No pot considerar-se des d'aquest punt de vista. Essencialment, es tracta d'una funció social.

El pare respongué que amb allò no es podia muntar casa, i l'inventor, a mitja veu, opinà que tot ajudava.

La senyora va posar-se a caminar amunt i avall de l'habitació, amb les mans agafades al darrera, i, de cop, es va aturar davant l'inventor, l'assenyalà estirant el braç i li digué:

— Vós ja comenceu a ésser gran i no us estan bé determinades actituds. El que heu de fer és deixar les vostres dèries i posar-vos a treballar seriosament, lluitar per la Sofia, pobreta, que es consum per la voluntat que us porta.

La dama s'agafà el mentó, aclucà els ulls per concentrar-se i afegí:

— Mireu: ja ho tinc resolt. El meu marit us donarà feina a la farmàcia i vós fareu bondat.

L'inventor empal·lidí. Saltà, gairebé, de la cadira i demanà imperiosament el seu barret.

— Ja us la podeu quedar, la nena —va dir—. Havent de pagar aquest preu m'estimo més corsecar-me.

I va fer el gest d'anar-se'n. Però aleshores la Sofia

començà a plorar a crits, sense perdre la seva immobilitat.

— Ja ho heu espatllat! —deia—. Ara se'ns en va i qui sap quan en trobarem un altre. Mals pares!

Ells, els pares, sentiren que se'ls encongia l'ànima i van córrer a l'encalç del jove. L'agafaren un per cada braç, el renyaren tots dos amb amorança i li preguntaren si no sabia mesurar una broma.

— Amb els invents, no n'hi faig mai, de bromes —digué.

El cas és que el van tornar a la sala, reprengueren la conversa i arreglaren un festeig normal, evitant tot motiu d'enuig.

I fou així com la vida de l'inventor va fer-se més extensa, arriscant-se a perdre profunditat. Però va passar-li que, sospitant la naturalesa del seu mal i podent abastar el tractament, sentí que la seva nosa s'alleujava, donant entrada amb més força al desassossec únic de la seva inventiva. Com les malalties mentals modernes, sabeu? Feta per part del metge la descoberta de l'origen d'una obsessió i explicada al malalt, aquest s'afanya a guarir-se'n, diuen.

Pensava amb més aplicació que mai i es passava hores més llargues que les altres tancat en el seu taller, lliurat a la recerca de coses cada vegada més petites i més útils. Sort hi havia en la sol·licitud del seu servent, que vigilava el pas del temps i el feia dormir, el vestia i li posava el menjar a la boca. Ah! I cada vespre, en arribar el moment, li feia posar la levita i el barret que mudaven i l'acompanyava al carrer, on el deixava caminant en direcció a la casa de Sofia.

Ell emprenia el camí d'esma i arribava a lloc per miracle. O més ben dit: no era ell qui arribava, sinó la seva aparença carnal, el seu cos mortal amb totes les conegudes misèries. El seu esperit romania en el taller, treballava de nits, amb més finor pel fet de veure's alliberat del pes de la carn i de la sang.

Sigui com sigui, tothom hauria dit que l'inventor arribava realment cada vespre a casa del seu amor. Entrava, lliurava liberalment el seu barret a la primera persona que l'hi prenia i feia ofrena de flors al pare, a la mare, a la serventa o a la noia, segons l'atzar.

Hom el feia passar a la sala, i allí ell i Sofia compartien el sofà. La mare, a fi d'exercir discretament una inútil vigilància, brodava a prop unes margarides, amb sedes de colors, i el pare llegia les entrades i sortides de vaixells en el "Diari de la Marina". De vegades, el senyor havia intentat lligar conversa, i es dirigia al promès per preguntar-li qualsevol cosa de la guerra del setanta. Però el promès no era, segons queda dit, d'aquest món, i donava les gràcies polidament, refusant una beguda imaginària.

La senyora el fuetejava amb la troca que tenia més a mà i li deia:

— No sigueu encantat, jove!

I el cos del jove s'abaltia encara més per la carícia de la seda, per la quieta olor del petroli i de les teles florejades que cobrien tota cosa. El mínim soroll que feien les gases que vestien la noia encara ajudava la seva abstracció, i se sentia com dins d'una gran campana de vidre, molt lluny de tot allò que tenia a frec.

Sofia, en virtut de l'esforç propi de la seva edat, aconseguia enamorar-se. Contemplava amb èxtasi aquell amor absent que la Providència li donava, i li feia l'efecte que tenia un cavaller petrificat, però guardador de magnífics impulsos i llegendari, el deixondiment del qual faria parlar els diaris. Mentre esperava aquest esclat, la noia va trobar la manera de treure partit del festeig. Feia coudinar, arreglava vestits fantàstics per a l'inventor, amb retalls de roba vella, i així que queia la nit l'adormia cantant-li cançons de nines.

Aleshores, entre tots plegats, portaven el seu cos a pes de braços fins al carrer, i allí llogaven un cotxe, hi enfilaven el jove, donaven l'adreça al conductor i deien:

— Pagarà quan arribi a casa!

I tornaven a entrar passant pel jardí de pressa, perquè ja era la tardor, ara, i començava a fer fred.

Va establir-se aquesta habitud, i, exercint-la, l'inventor va comprovar que encetava una època d'or. Cada matí, en despertar-se, corria cap al taller i passava en net allò que havia fet el seu esperit mentre ell festejava o dormia. Els seus encerts, des del punt de vista de l'ofici, sovintejaven més que mai, i gairebé sense adonar-se'n adquiria una maduresa professional notable per molts conceptes. S'anava plantejant problemes que suposaven una major ambició, sense moure's, però, del camí traçat, i alguna revista ja s'havia vist obligada a publicar el seu retrat, acompanyant comentaris elogiosos.

Fou llavors que va emprendre els treballs per enllestir un invent que, si reeixia, li obriria les portes de la fama de bat a bat. Es tractava d'alguna cosa que revolucionaria la vida de família, en el bon sentit de la paraula, i la concepció de la qual era tan audaç que requeria tota l'aplicació d'un inventor, encara que hagués tingut més edat que no pas ell, el nostre.

Va començar una lluita d'extermini entre la seva vocació i les obligacions socials. Es mostrava més absent cada vegada i anava a festejar amb l'aire de presentar-se periòdicament a la policia.

—Cada cop se li veu més el blanc dels ulls —digué un dia la mare—. Si no hi cuitem, se'ns quedarà garratibat.

La Sofia, pobre àngel, feia tot el que li era possible. Li agafava les mans per tal d'amanyagar-lo, però les deixava anar de seguida amb una esgarrifança, perquè s'adonava que allò que tenia prop era, només, la funda d'alguna altra cosa.

En més d'una ocasió havia intentat de parlar-li, però els seus eren uns diàlegs impossibles.

—Que ja no m'estimes, Inventor meu?

—Vint-i-quatre. El meu pare va morir poc després de fer-ne setanta-dos.

—Jo no sóc res per tu!

—No fa gens de mal. Et donen una punxada al braç i ja està llest.

—Si em tractes així, em moriré.

—Si ho trobo, sí. A més dels diners, tindrem l'anomenada, i no ens faltarà res.

La Sofia acabava plorant, amagant-se la cara entre les gases. Fins que un dia el pare, a l'hora d'acomiadar-se, va agafar l'inventor i li digué:

—Això no pot seguir així.

—No?

—No. Aquest procés va fent via i ens acostem al clímax. Quan aquest arribi, no responc de res.

I el clímax, per dir-ho amb la mateixa paraula, vingué.

Era el vespre d'un dijous i l'inventor va entrar a casa de la seva promesa amb un rostre tan pàl·lid que, àdhuc sabent el que sabem, sorprenia. S'havia passat la jornada treballant amb febre creadora i ja tenia la solució del que cercava a la punta dels dits; el seu criat, a l'hora de sortir, l'havia hagut de treure per força del taller.

Aquell vespre, el petroli de cada quinqué, el pes de tota tela i el so de la capsa de música adormien més que mai els sentits. El crepitar de la llenya en la llar de foc i el color que donaven les flames a les cares i a les coses feien més irreal la sala del festeig i tothom se sentia inclinat a teixir el fil de la seva abstracció. Ningú no deia res, cada u estava allunyat de la seva pròpia presència i de la dels altres, i el més llunyà de tots era l'inventor. El lleu soroll dels objectes no ofenia el senyoreig d'un silenci guardador de grans secrets, i el temps mateix corria de puntetes.

De sobte, el timbre del telèfon va dringar per tota la casa. Era un dring ple de transcendència, i tots ho van intuir; dirigiren la mirada cap a la porta de la sala i escoltaren els passos lents de la serventa, atreta per la crida.

La serventa va entrar, sense poder caminar a dretes, i es plantà al mig de la sala amb els ulls esbatanats.

— És l'esperit de l'inventor que demana l'inventor a l'aparell —digué. I va perdre el coneixement i caigué de cara al sostre.

La mare intentà xisclar, però tenia la veu presa. La pipa de guix del senyor va caure i quedà esmicolada.

L'inventor va córrer a empunyar l'auricular:

— Sí, sóc jo. Ja ho has trobat? Ja ho tens? Vinc de seguida.

Sortí de la casa com si el portés el vent.

La noia va fer el gest d'aturar-lo, però el seu pare l'agafà pel braç.

— Deixa'l estar —digué—. El seu destí és implacable: morirà de mal d'amor sense tocar de peus a terra.

I es va desfer la boda.

1949

COSES DE LA PROVIDÈNCIA

I

Me'n recordo molt bé: feia dos anys que hom m'havia comunicat un augment de sou i era ben feliç, tan feliç que semblava mentida en una època com ara aquella.

Vaig llevar-me tard, i el primer gest de la jornada fou obrir de bat a bat la finestra de la meva cambra i donar una ullada al món, amb el profund convenciment que jo el dominava una mica i el judici clar que, tal com era, estava bé.

Em vaig posar la meva millor roba i em plau de dir que feia goig, emparant-me en el fet que en el temps que som la gent no estima la modèstia fingida. Pot afirmar-se que aquell dia estrenava bigoti, perquè després de la darrera afaitada havia pres forma i lluïa amb personalitat.

No caldria dir-ho, però val més deixar les coses ben establertes: feia un matí de sol i ens trobàvem poc més o menys en plena primavera. El carrer va guanyar amb la presència meva, i més d'una noia, en passar a prop meu, es girava per mirar-me el bigoti d'esquitllentes.

Em sentia poderós, clarivident, entenia una colla de coses que sempre havia trobat obscures i em sembla que, si és que els reis i els emperadors es veuen assistits d'un estat de gràcia especial en la comesa de llur ofici, deu ésser un estat com el que en aquell diumenge m'embellia la vida.

Sóc minuciós en la descripció d'un moment espiritual tan notable perquè la gent es faci ben bé càrrec que jo no tenia cap preocupació, que em sentia ben normal a la meva manera i que res no feia preveure que m'hagués de passar la cosa realment extraordinària que va passar-me després. La vida dóna capgirells quan hom els espera menys, i això, per més que la filosofia ens ho vulgui fer entendre, ens sorprèn sempre.

No tenia pas ganes de perdre'm l'aire lliure aquell dia. Necessitava la tebior del sol i poder clavar els ulls ben lluny i veure força gent i coses animades. Vaig anar-me'n cap al Parc, a passejar la meva glòria; és gairebé segur que encomanava als altres el meu engrescament, perquè les persones que em voltaven somreien, sense saber bé què els passava.

Fou un bon matí des de tots els punts de vista, que com moltes coses bones va passar de pressa. Las de veure flors i claror de dia, content d'haver fet passador el captiveri d'alguna fera donant-li les llepolies que el cos li demanava, va arribar-me l'hora de dinar, i ni massa lent ni massa cuitós vaig anar-me'n cap a casa.

A l'escala vaig palpar-me la butxaca de les claus, amb l'instintiu gest quotidià. I vaig comprovar que no les duia. "Les has oblidades en el vestit de cada dia", vaig dir-me sense patir-hi gens, perquè comptava que la Irene, la serventa vella que tenia cura de mi, m'obriria.

Vaig trucar, i sabeu qui va obrir-me? Em va obrir un senyor de mitja edat, amb patilles, embolicat amb una bata ratllada de blau i de blanc com la que jo usava.

— Dispenseu —vaig dir—. Dec haver-me equivocat de pis.

— Aquí som al tercer pis, primera porta —respongué ell—. Se us ofereix quelcom?

El tercer pis, primera porta, d'aquella escala era casa meva. Per tant, si en mi no hi havia error, el qui s'errava era el senyor de mitja edat. A més, mirant de cua d'ull, vaig veure que els mobles del rebedor eren els meus i que el paper de l'empaperat era el que havia escollit jo mateix en una ocasió no llunyana.

Vaig adoptar un posat sever:

— Què hi feu, a "casa meva"? ¿Que sou parent de la Irene potser?

L'home va sorprendre's i em contestà amb bonhomia:

— No us entenc de res. D'Irene, no en conec cap, i, pel que fa referència a aquesta casa, demà passat farà sis anys que hi visc. Us prego que no feu bromes, perque a vegades no les sé comprendre. ¿En què us puc servir?

— Oh, mireu, venia a dinar —vaig dir-li realment desarmat pel seu aire sincer—. Si no puc quedar-me aquí, us asseguro que no sé on anar.

— Mai no he desatès cap foraster que truqui a la meva porta en so de pau. Compartireu la nostra pobresa. Entreu.

Vaig entrar, i aleshores sí que no va quedar-me cap dubte:

— Bé, vaja: prou. Això és casa meva i no seguiré ni un moment més el fil de la vostra farsa.

El senyor va somriure amb malícia, va donar-me un copet a l'espatlla i em digué:

— Ja ho començo a entendre: vós sou dels plagues que festegen amb la Clara i heu ideat un truc per a entrar aquí. Murri!

— Qui és la Clara?

— Apa, no cal que fingiu més. Ja sou aquí i us dono la benvinguda. —I alçant la veu afegí—: Clara, filla meva, vine a veure qui ha vingut.

II

De la porta del menjador, el meu menjador, va sortir una noia que donava bo de veure. L'home de la bata ratllada jugava el seu paper donant a entendre que sabia ferse càrrec de les coses i que, posat a fer, no li costava pas seguir una plasenteria de joventut. Allargà les mans a la noia i va preguntar-li:

— Coneixes aquest minyó?

Vaig veure que la senyoreta es fixava de seguida en el meu bigoti i que, poc o molt, li plaïa.

— No, papà, no l'he vist mai.

Mentre ho deia em va fer una rialleta, amb la intenció d'enamorar-me, i a mi, de moment, no se'm va ocórrer altra cosa que tapar-me el bigoti amb el palmell de la mà.

El senyor cada vegada es divertia més.

— Anem, anem. No cal que ho allargueu més. No és pas cap delicte que els joves tractin de veure's. Jo, per la meva banda, ja hi vinc bé.

En aquell moment va presentar-se una dama grossa, procedent de la cuina, seguida de prop per dues criatures d'edat i sexe indefinits. La senyora va acostar-se amb un aire jovial, eixugant-se les mans amb un davantal de feinejar.

— La meva muller —digué l'home— i els altres dos fills meus. Són un parell de galifardeus.

I, adreçant-se d'una manera especial a la seva dona, afegí:

— Aquí, el jove, és un pretendent de la Clara.

Va semblar-me que allò era summament irritant i que si no feia prevaler de seguida els meus furs de propietari potser no hi seria a temps.

— Ni un moment més de comèdia! —vaig dir cridant—. Si no em dieu on és la Irene i per què us heu instal·lat a casa meva, avisaré la policia!

Aquestes paraules van causar la desolació de la família. El qui feia de cap de casa digué:

— Quina mena d'entestament més particular!

I la senyora, amb veu prou alta perquè la sentíssim tots, va dir al seu marit:

— Ernest: aquest jove és foll.

La noia també va voler dir-hi la seva:

— Mamà, potser es tracta d'un anunci.

Un dels dos fills petits, en un to de veu que denotava el cansament de la vida moderna, afegí:

— Deu ésser una d'aquestes endevinalles americanes que agraden tant a segons quina mena de gent...

Va dir "segons quina mena de gent" donant a entendre que, pel que feia a ell, el passatemps no era del seu gust.

Resoltament, portant l'assumpte en un terreny de violència, perdria jo. Ho vaig veure de seguida i em vaig disposar a ésser persuasiu, per tal de guanyar-los a les bones.

— Mireu: jo us sóc un desconegut; segons vosaltres és la primera vegada que poso els peus en aquesta casa. Ara bé ¿com us explicaríeu que jo conegués la disposició de cada cambra i els mobles que contenen, i el que hi ha a cada moble? Oi que no us ho podríeu explicar?

— Nooo! —van dir tots cinc alhora.

— Doncs pareu atenció. Aquesta porta tancada és la que dóna a la sala de visites. La del costat és la del menjador. Aquella d'allà correspon a un dormitori i a l'esquerra hi ha la del despatx. A la taula del despatx, en el segon calaix començant a comptar per dalt, hi ha els rebuts de lloguer a nom meu...

— No —interrompé el senyor—, no són a nom vostre. Estan fets a nom meu.

— Mirem-ho! —vaig dir triomfalment.

Vam córrer tots cap al despatx, jo presidint el grup, i vaig obrir el calaix amb l'ànim tranquil, segur que aquella vegada sí que justícia seria feta.

Vaig agafar el plec de rebuts, vaig mirar-los i aleshores va semblar-me que el món se'm feia petit sota els peus. Perquè heu de saber que anaven a nom d'un tal Ernest de la Ferreria, que era, ja us ho podeu pensar, el senyor de la mitja edat.

III

Va venir-me un estrany cobriment de cor, que m'obligà a recolzar-me damunt la taula, i mig d'esma, en passejar l'esguard per les parets d'aquella cambra, vaig constatar que els marcs dels quadros eren els mateixos que jo ja coneixia, però en comptes dels meus retrats de família contenien fotografies de personatges que, ara l'un, ara l'altre, s'assemblaven a la senyora grossa o al senyor Ernest. No hi havia dubte que un alè d'estrangeria passava per damunt de cada una de les meves coses i les feia forasteres.

La voluntat m'abandonà i s'emparà de mi un profund abatiment. El senyor Ernest, que era un bon home de cap a peus, com vaig tenir ocasió de comprovar més tard, va compadir-se de mi i amb un aire amistós digué:

— Au, au! No cal que fem durar més "això". Anem cap a dinar, que ja és hora. Clara: si és que el jove es vol rentar les mans o el que sigui, ensenya-li el camí.

Recordo que va passar una bona estona sense que tingués esma de badar boca. A taula, on vaig sentir-me conduït per mans amigues, el vapor del primer plat va deixondir-me:

— On és la Irene? —vaig preguntar amb un fil de veu.

— Quina llauna! —exclamà un dels petits.

I vaig llegir a cada cara un gest de reprovació tan expressiu que, sense insistir, vaig posar-me a menjar escudella, amb la vista baixa i sense gana.

Cap al segon plat, la Clara es va animar, sol·licità l'atenció dels presents i digué:

— Em feia vergonya explicar-ho, però ara veig que no me'n sabré estar. Aquest matí, en sortir de missa, m'ha cridat l'atenció un gran cercle de gent que voltava un home que duia una gàbia amb un ocell a dins. Pagant deu cèntims, l'ocell sortia a fora i t'allargava un paper amb el bec. En el paper hi havia escrita la bonaventura d'un hom.

— Ja deus haver fet la beneiteria de tirar-hi! —interrompé la mare.

— Sí, hi he tirat, i sabeu què deia la meva planeta?

Ningú no va fer acció d'interessar-s'hi gaire, però ella no s'hi amoïnà pas. Va treure's un petit paper groc de la butxaca i llegí:

— "L'amor et volta. El príncep dels teus sommis es presentarà d'una manera inesperada. Estigues amatent per a obrir quan la felicitat truqui a la teva porta."

La senyora va mirar severament la Clara i en un to de reny li preguntà:

— Filla meva, que has perdut el seny? ¿Què vols insinuar amb això? Què pensarà aquest jove?

— Oh, ves! —respongué la Clara—. No deu haver vingut pas perquè sí, ell. Una força o altra deu haver guiat els seus passos fins aquí... Jo, d'això dels ocells endevinaires, en sé coses molt notables.

El pare, amb posat de mal humor i dirigint-se a mi, digué:

— Aquesta noia cada dia es torna més lirona...

IV

Jo vaig alçar-me.

— Senyores i senyors: sóc víctima d'una monstruosa maquinació. Si és una broma, confesso que no puc seguir. Si no ho és, tampoc. No entenc res de tot això; si vosaltres ho enteneu i m'ho voleu explicar, me'n recordaré tota la vida. Si no, em tornaré boig i no en parlarem més.

"Ja hi torna!", murmuraren tres o quatre veus plegades. I tot d'ulls se'm clavaren a la cara per fer-me veure que obrava torçadament.

El senyor Ernest, però, va semblar que començava a veure el cas des d'un altre punt de vista:

— Escolteu: ¿que és de debò que no us heu vist mai amb la Clara?

Li asseguràrem ella i jo que no ens coneixíem de res. I aleshores l'home va agafar-se el mentó amb un gest de capficament.

— A veure, a veure si això serà cosa de la Providència...

— Què voleu dir? —vaig preguntar amb un cert esverament.

Respongué la senyora per ell:

— Oh, és que a la nostra família hi ha precedents, sabeu? L'Ernest i jo ens coneguérem d'una manera semblant. Heu de pensar i entendre que, un matí, el qui havia d'ésser el meu marit...

— Psit! Ja ho explicaré jo, que ho sé explicar millor. Doncs vet aquí que un dia de festa, quan jo feia poc que havia celebrat els trenta anys, vaig sortir de casa amb la intenció de visitar l'Aquàrium. En aquella època estava lliure de maldecaps i em sentia tan feliç com el qui més ho fos dels meus contemporanis. Tenia algun diner, feia el que em venia de gust i, per dir-ho com el vulgus, no hi havia pas qui m'empatés la basa.

"Vaig sortir de casa tot mudat, amb l'escalforeta interior que em feia veure totes les coses pel costat amable i em passava allò que, sense que cap perill m'amenacés, em deia constantment que no tenia por de res ni de ningú.

"Sempre que hi penso m'adono que res no feia suposar que m'hagués de passar el que va passar-me després. Perquè de cop i volta, sortint de veure els peixos, vaig sentir que la meva voluntat sofria una transformació i es subjectava a uns impulsos que no eren pas dictats per l'enteniment que m'era propi.

"Sota aquell estat especial, que em feia seguir com si una mà poderosa m'empenyés pel clatell, vaig fer unes quantes coses fora d'ús i raó. Vaig entrar en una botiga on venien gel i en vaig comprar una barra gran.

"— Vol que la hi portem? —em preguntaren.

"— No, no —vaig respondre—. Me l'emportaré jo mateix.

"I davant l'estupefacció d'aquella gent vaig sortir amb la barra al coll, que regalimava aigua i m'anava mullant el vestit, la qual cosa no immutava pas la meva indiferència.

"La força aliena em feia seguir un itinerari que m'era estrany. Tenia clavats a la memòria el nom d'un carrer i el número d'una casa on no vivia cap parent ni cap conegut meu. Però jo m'hi dirigia amb una dèria singular, aferrant la barra, que se m'esmunyia de les mans com un peix viu. En arribar a l'adreça que em ballava pel cap en forma d'imatge il·lusòria, vaig trucar a la porta del pis que em va semblar i m'obrí una senyora que amb el temps havia d'ésser parenta meva.

"— Bon dia. Vinc a portar el gel.

"Ho vaig dir en el mateix to de veu que hauria usat un obrer del ram, un ram que, cal dir-ho, mai no havia tingut res a veure amb les meves activitats.

"La senyora va mostrar-se molt amable:

"—Jo no l'he encarregat pas. Potser ha estat la meva filla.— I a part, cridant, afegí: Dolors: ¿que has encarregat gel?

"De les habitacions interiors va sortir una veu que em robà el cor de seguida, i immediatament es presentà una noia que era, amb una precisió sorprenent, del tipus que em plaïa a mi.

"— No, mamà. Jo no l'he comprat. Aquest jove es deu haver equivocat de pis.

"Mentre ho deia va mirar-me manyagament i em somrigué. Mai ningú no m'havia somrigut d'una manera tan grata, i allò em va donar forces per a sostenir amb fermesa el meu punt de vista.

"— Aquest gel és per a aquí, i no tinc intenció de portar-lo a cap més banda...

"Això fou tot. En aquell moment precís, la rara força que m'havia conduït fins allí m'abandonà i va retornarme la meva voluntat, feble, esverada, conscient que em trobava en una situació falsa. La barra de gel se m'escapà dels dits, i lliscà per terra, arribà fins als graons i caigué escales avall feta bocins.

 "— Dispenseu —vaig dir a les dues dames—. El que

em passa és molt gros. Em sembla que em trobo malament.

"Sentia que el rostre m'anava canviant de color, alternant el groc real amb el vermell intens. Les dues senyores es compadiren de mi i em donaren assistència.

"Va sortir el pare i dues o tres persones més que constituïen la resta de la família. El que va passar després, ja us ho podeu imaginar; el pare m'acusà picardiosament d'haver planejat aquella intriga per veure la seva filla, i tots hi vingueren bé amb un posat de divertiment. Jo, com que acceptar la veritat em feia més por que aquella mentida, no vaig tenir esma de treure'ls la il·lusió. I aquí em teniu casat amb la Dolors, que després de tot és una bona noia..."

La curta narració del senyor Ernest va anar seguida d'un general silenci, que aprofitàrem per a meditar com sovint el destí juga amb nosaltres per posar-nos damunt el camí que ens escau. Jo vaig ésser el primer de reaccionar:

— Així voleu dir que tot això que m'està passant em passa perquè m'he de casar amb Clara?

Em contestà la mare, amb una espurna d'agressivitat a la veu:

— Vós mateix, jove. Amb el destí, no s'hi poden fer filigranes.

Qui consideri fredament el meu cas convindrà amb mi que la Providència no em deixava gaires alternatives per a triar. A més, un home és feble i si la trampa sobrenatural que li paren li parla als sentits, és molt difícil que se'n surti. La Clara era bonica i jo era jove i la primavera m'enardia.

Aleshores, pròxim a cedir, és quan el senyor Ernest va donar-me proves de la seva lleialtat. Em cridà a part en el seu despatx i, un cop sols, em digué:

— Mireu jove: si no us ve realment de gust, no us hi caseu, amb la Clara. Deixeu-la estar, la Providència. Jo, sotmetent-m'hi, em vaig ben lluir...!

— Vós rai! —vaig respondre—. Vós dient que us havíeu equivocat de pis i tornant cap a casa vostra us en sortíeu. Però jo ja em direu què he de fer. A mi hom me l'ha feta més grossa, m'ha subjectat més fortament les brides i no me'n podré escapar. Perquè amb tot el respecte degut als vostres drets insisteixo que aquí, fins fa poques hores, era casa meva.

Em va estrènyer el braç i em mirà amb una mirada trista, una mirada que volia dir que comprenia el meu cas.

L'afer va seguir el seu curs, inexorablement. Fa anys que sóc casat amb Clara i no m'ha anat ni millor ni pitjor del que acostumen a anar aquestes coses. Però m'ha quedat un rau-rau, quelcom que la consciència em retreu sovint i em roba hores de dormir. Perquè està bé que la Providència munti aquests escenaris espectaculars perquè anem allí on hàgim d'anar, però d'això a escombrar altres persones perquè nosaltres puguem fer via...! A vegades, a la nit, em desperto i penso:

"Què se'n devia fer, de la pobra Irene?"

EL TEATRE CARAMAR

El meu amic Elias Caramar havia vist el món des de tots els angles oberts als mariners. Deia coses molt personals, i podia sostenir qualsevol punt de vista amb proverbis importants de les bandes més llunyanes de la terra.

Quan vaig retrobar-lo, després de molts anys de no saber notícies seves, començava a tenir cabells blancs, petjava la terra ferma amb més ganes de quedar-s'hi que abans i anava tot ell vestit de seda negra, ratllada, que, passant-hi les ungles, cantava. Duia un brillant incrustat a l'orella, a base del mateix procediment, segons sembla, que el que usen les dones índies per a clavar-se perles al front.

— Caramar, home! —vaig dir-li d'antuvi—. Com se t'ha ocorregut enlluernar els teus conciutadans amb aquesta bestiesa del brillant a l'orella?

Caramar va desautoritzar-me amb la mirada, i respongué:

— No em pots judicar amb prou amplitud de criteri, tu. Jo ho veig tot d'una altra manera, i a més sóc ric; comprens?

M'agafà pel braç, i va endur-se'm carrers enllà, al seu arbitri, explicant-me el secret d'unes guerres orientals. Quan ens anàvem a separar, vaig preguntar-li:

— I què hi fas, aquí? Hi ets de pas, oi?

— No. He vingut per quedar-me. Ara tinc un teatre als afores, que m'absorbeix les il·lusions. Vine-m'hi a veure qualsevol dia. La representació és molt bona.

Mentre s'allunyava, se'm va ocórrer evocar la memòria d'un parent meu, que també havia vingut de lluny amb un brillant clavat a l'orella que, després de suggestionar tota la família, va resultar que era fals.

Un diumenge a la tarda, amb motiu d'haver proposat a la meva xicota un determinat acord, ella va deseixir-se'm dels braços a ple ball i em donà un cop a la cara que obligà els músics a parar de tocar, i totes les parelles s'aturaren com si quelcom de la festa s'hagués espatllat. El meu amor es girà a la porta mateixa de l'envelat i em digué que jo era un malintencionat i un home sense principis i que amb mi no era possible ni convenient tenir-hi tractes.

De fet, qualsevol notari que em conegui podria certificar que aquella noia exagerava. Tenint en compte el caràcter d'ella, era del tot segur que jo no hi perdia res, amb aquell trencament de relacions, però vaig sortir del ball emmurriat, venjatiu. M'imaginava en possessió d'un filtre d'amor, i un cop ella estigués malalta d'enamorament per mi, em llançaria sota les rodes d'un autobús davant d'ella, perquè la imatge del meu gest li fes avorrible la vida.

Pel carrer, els venedors ambulants de la fira m'oferien globus de goma i trompetes, elàstics americans, uns ventalls japonesos, cupons per a la rifa d'un cistell ple de viandes i moltes altres coses susceptibles d'ocupar les il·lusions de persones que no estiguessin atuïdes per una cosa tan grossa com la que acabava de passar-me a mi.

No sabia cap a on anar, ni tenia ganes d'anar enlloc. Com que tothom es deu haver trobat en casos com el que descric, m'estalviaré d'explicar els ressorts d'aquestes desesperances.

A la Plaça Blava —hi havia arribat d'esma—, un espectacle nou em colpí. Una gran tortuga es passejava lentament per la vorera, amb un rètol pintat damunt la closca que anunciava les funcions del Teatre Caramar. Vaig ajupir-me per acaronar el cap de la tortuga; però, abans que pogués fer-ho, un home que seguia la bèstia em donà un cop al clatell amb una canya llarga.

—Qui us fa embolicar? —em digué aquell vigilant—. Si la toqueu us donarà una envestida que quedareu escarmentat per sempre.

Encara vaig haver de donar-li les gràcies. La gent s'agombolà al nostre voltant per veure ben bé el que passava, prengué partit contra meu, puix, pel que sembla, algú havia fet córrer que la meva intenció era robar la tortuga. Per situar-me, i sobretot per fer quelcom a fi de vèncer el meu acorament, vaig dirigir-me a l'home de la canya:

— Sou del Teatre Caramar, vós?

— Sí.

— M'agradaria anar-hi. Què cal fer?

— Si voleu, jo mateix us vendré les entrades.

Va ensenyar-me una llista de preus i una planta del teatre i em digué quines eren les localitats disponibles. Em vaig quedar una llotja sense pensar-ho. Tenia moltes ganes de sortir d'aquell cercle de persones.

De lluny, el Teatre Caramar semblava una barca varada. I, aquesta impressió, no la produïa pas per la seva forma, sinó per la seva situació; estava muntat damunt la sorra de la platja, i les ones, en desfer-se de contorns al final de llur viatge, feien lliscar l'escuma fins a les portes del local. L'edifici era de planta rectangular, sense accidents ni sorpreses i al seu damunt s'alçaven unes parets de fusta pintades de color verd. La teulada, en forma d'esquena d'ase, tenia el perfil trencat per una colla de talles en fusta policromades, representant figures femenines, monstres marins i al·legories musicals.

A mesura que hom s'anava apropant al Teatre Caramar, l'olor dels graners del port i el gust de l'aire de la costa encomanaven una rara suggestió. Feia l'efecte com si, de cop i volta, hom s'hagués de veure incorporat a un gran prodigi de la naturalesa. La suggestió era simple d'elements i profunda: rendia els nervis tot deixant que hom s'adonés de la desproporció entre l'estat emocional que us domina i allò que l'havia provocat, sense afegir-hi ni una espurna de clarividència.

A la porta del Teatre Caramar, un empleat atreia la gent a cops de timbal. La gent, empesa per la bonhomia del diumenge, es deixava obligar per aquell reclam i s'empenyia fent cua davant la taquilla en forma de diorama representant el port de Rodes.

En entrar, amagat darrera una cortina per no perdre de vista l'home que prenia les entrades, vaig descobrir l'amic Elias Caramar. M'abraçà amb una cordialitat superior a la del dia que ens retrobàrem després de molts anys i em digué:

— Està bé tot això, eh? I més tenint en compte que m'animen únicament finalitats filantròpiques.

Anava a fer-li unes objeccions, però no les admeté.

— Apa, fill meu —afegí—. Ara vés a veure la representació i en acabat ja parlarem. Vull que tinguis l'esperit completament serè.

De dins, el Teatre Caramar semblava més gran. Unes noies vestides de vermell, amb faldilles curtes i vaporoses, prenien les entrades als clients i els acompanyaven a llurs llocs. A mi em va correspondre una llotja del primer pis, des de la qual es dominava avantatjosament tota la sala i la part més important de l'escenari. Les bateries elèctriques estaven enceses a mitja llum, per fer més esclatant, segurament, el triomf de la claror quan comencés l'espectacle.

Els músics desenfundaven llurs instruments i destriaven de dins els estoigs els paquets que contenien accessoris professionals i allò que constituïa el sopar dels artistes. El pianista estava ajupit davant del piano, ficant el cap en un esvoranc que deixava al descobert el truc de les tecles i les cordes; havia tret una molla llarga de dins la caixa i entre ell i el primer violí l'estiraven cap enfora. La molla no s'acabava mai.

La sala respirava una gran placidesa. La gent no s'havia incorporat encara a l'engrescament de la funció i hom parlava en veu baixa; els senyors miraven les senyores de cua d'ull, sense aturar-s'hi massa, i els fumadors fumaven una mica d'amagat, caçant els glops de fum amb la mà i esborrant-los, a fi que no en pervingués molèstia per a ningú. Àdhuc les criatures, si els semblava que no podien estar-se de plorar, ho feien amb consideració i callaven a la primera protesta que sortia de general.

A la llotja pròxima a la meva hi havia una dama que així que em veié va voler enamorar-me. Es recolzà de braços a la barana del pis, ensenyant-me que fumava una cigarreta de luxe, amb un broquet molt llarg. Per tal que aquella dama no es formés de la meva persona una idea desfavorable, em vaig fer el propòsit d'aguantar-li la mirada; em creia que prevaldrien els meus drets i que ella acalaria els ulls, però vaig equivocar-me. Aquella dona va prendre de seguida la iniciativa del joc, i m'encantava; però no m'encantava de satisfacció, sinó que em prenia la voluntat, com fan les serps amb els ocells, i m'anul·lava tots els ressorts de comandament.

Recordo uns grans ulls de color verd, amb l'aranya central del Teatre Caramar a la nineta, i unes pestanyes llarguíssimes, que passaven per damunt de les cadires, venien fins a mi i se'm menjaven la cara. De sobte, tot el teatre va omplir-se de llum i un cop de timbal va anunciar quelcom. Vaig saltar de la cadira, posant-me la mà al cor i fugint dels ulls. La dama que m'estava enamorant va fer una rialla que s'hauria sentit de tot arreu de la sala, encara que el teatre hagués estat més gran. Per un moment, vaig sentir-me al descobert, desemparat, a mercè de la pietat ciutadana; tothom em va mirar, i més de siscents dits m'assenyalaren.

Per sort, els llums es van apagar i un disc de claror va senyorejar per l'escenari; al meu costat, a l'altra banda de la dama, crepitaven els carbons de l'arc del reflector, i aquesta circumstància va fer que em sentís més acompanyat.

La música va omplir el local en un instant. Tot va elevar-se: el prosceni, el pati de butaques, les llotges, la memòria d'Elias Caramar. Una melodia de suburbi féu que espectadors i teatre formessin un terbolí ambiciós, ample de cercles i profund. Tot donava voltes, unes voltes metòdiques, geomètriques; ara i adés tenia l'escenari davant meu, però ben sovint em sentia el disc de llum i els músics al clatell.

Quan el teló va badar-se, la música es tornà més humana, més proporcionada a l'anècdota que servia. Aleshores, tots els espectadors ens avergonyírem una mica pel fet d'haver-nos deixat enganyar per una tonada dels afores, i tots vàrem fer propòsits d'esmena. Un gran sospir sortí de totes les boques, ens empassàrem tot el fum de la sala i l'atmosfera restà aclarida.

De l'esquerra de l'escenari va sortir una mà sostenint una pissarra, on hi havia escrit el següent títol: *La innocència robada*.

L'atenció, llavors, va concentrar-se en el teló de fons. Representava un drac de color verd, amb lluentons a l'esquena, que reflectien la llum i omplien el sostre del Teatre Caramar de miralleigs. L'artista va presentar-se a escena, sense que hom pogués dir clarament d'on havia sortit. Era una noia bonica, amb un cap molt gran per tal que els ulls, de grossos que eren, no li sortissin de l'oval de la cara. Duia només uns sostenidors d'atzabeja i uns pantalons cenyits i molt petits.

Aquella noia ens va cantar que un militar l'havia enganyada. D'antuvi es veia que aquesta era la gran tragèdia de la seva vida; però la noia tractava de suportar-ho i ens volia fer veure que tant li feia, tot cantant-nos:

"Però m'és ben igual;
ja no em sento sola
i estimo en el que val
una nit de tabola..."

Després, en els intervals que callava, donava unes voltes per l'escenari, mostrant-nos l'esquena i picant de talons; de sobte, es girava, estenia el braç i amb el dit índex assenyalava un punt inconcret del públic i deia:

"I vostè també, senyor,
vindrà un dia
que em donarà la raó."

De les localitats barates hom picava de mans acompanyant rítmicament la música, i podia observar-se que, en general, els espectadors s'animaven i que el divertiment de la festa començava de bona manera.

Això no obstant, la noia no va tenir gaire èxit. Se li veia que volia dissimular la seva tristesa, i a la gent això no ens agrada, perquè trobem que la tristesa és un sentiment legítim que no deshonra ningú.

Sense deixar temps per a refer-nos i adaptar-nos al canvi de situació, la pissarra sortí novament i ens anuncià: *Dansa andalusa*.

Primer, la dansarina va fer que sentíssim les seves castanyoles sense veure-la, i després entrà a l'escenari amb una gran empenta. Anava carregada de roba, amb un clavell a la punta de la clenxa, i es movia amb dificultat; el que valia més d'ella era la projecció de la seva ombra al fons de l'escenari. Tots els seus moviments eren pesats i poc espontanis, però l'ombra els transformava en una silueta gràcil i flexible, que sabia molt bé el que calia fer i ho feia de la millor manera; l'ombra d'aquella dona era un tresor, un patrimoni nacional. I el cas era que la ballarina ho ignorava, i sempre que podia es posava davant de l'ombra i la trepitjava, la feia desaparèixer de la vista del públic i la passejava pels angles que la trencaven més i la desfeien de moviments

El públic tampoc no va aprovar sense reserves l'actuació d'aquesta artista. Es coneixia que hom tenia la sensació que era precís mesurar l'espectacle i que, àdhuc en el cas que tots plegats no hi haguéssim entès gens, calia fer veure que hi enteníem i que judicàvem cada número amb una gran circumspecció.

De mica en mica, el Teatre Caramar anva adquirint una mena de plenitud. Sense abandonar l'escenari, hom descobria el dibuix de les motllures del sostre, i trobava que lligaven molt bé amb totes les altres coses. Venia un moment que hom s'adonava que era possible asseure's a la cadira amb un sentiment de propietat, que la llotja era casa vostra i que el teatre us venia gran. L'adaptació era total i la gent congeniava; els senyors i les senyores ja no es miraven de cua d'ull. Alguns es donaven cops als genolls i lligaven amistat, sense menysprear la funció i de manera que ningú no se'n pogués ofendre.

La pissarra no parava de fer la publicitat de noves atraccions. Parelles de ball, excèntrics, noies de bon veure, cantadors i cantadores, una munió de persones amb vestits de seda i lluentons, o amb una carn rosada o bruna, però sempre d'una qualitat que la feia apta per a l'exhibició.

A mesura que l'espectacle es deslligava de mans i avançava, un neguit singular em feia mal al cor. Tenia por d'arribar a l'intermedi i haver-me d'acarar novament amb la dama que tractava d'enamorar-me. Però no podia pas evitar-ho.

Els llums s'encengueren. Sortiren bombetes de tot arreu. Encara vaig poder guanyar temps fent veure que estava enlluernat i fregant-me els ulls, però no vaig poder defugir l'inevitable: vingué que topàrem d'ulls i aquesta vegada ella em dominava a més a més amb un somrís al qual jo no podia oposar res.

Per mi, tot el que hi havia, a part dels ulls de la dama, s'anava fonent. El Teatre Caramar qui sap on parava, i la consciència d'existir jo mateix em sostenia cada cop amb menys força. Em vaig rendir i una son hipnòtica recollí la meva voluntat i en féu present a la dama, com un legítim trofeu.

Algú va sacsejar-me fortament. Molt per damunt meu, a dalt de tot, el rostre d'Elias Caramar em contemplava.

M'havia despertat amb una gran tristesa, perquè acabava de somniar que la meva promesa, en sortir de l'envelat després de pegar-me, se n'havia anat amb un altre.

— Ai, Elias Caramar, quina pena! ¡La meva xicota m'ha deixat i ara no tinc esperança!

Va alçar-me i em féu sortir de la llotja. El teatre era ben buit; unes dones escombraven el local i recollien els portamonedes que havien oblidat les senyores, i els paraigües dels senyors.

El meu amic em convidà a sopar, i atenuà la meva tristesa sense esforç. Em digué un proverbi oriental que va deixar-me l'ànima fresca como una rosa.

1938

LA CLAU DE FERRO

A mitja tarda, quan la conversa decaigué, un dels dos amics va alçar-se de la butaca i resseguí tota la cambra lentament, contemplant els mobles i els objectes, amb una curiositat que no podia impedir cap norma social.

— Tens una casa bonica —digué.

L'altre va somriure, afalagat. L'acompanyava amb la mirada, esperant el moment en què, després de descobrir la vitrina, se sentiria intrigat pel seu contingut. El visitant s'aturà efectivamente enfront del petit aparador i va dedicar una llarga atenció al que guardava. Finalment, preguntà mig en broma:

— ¿Totes tres claus són per a tancar el pany del llibre? Em semblen massa i d'una mida exagerada, sinó que el *Diari d'Elena C.* tingui un interès excepcional. Correspon a algun membre de la teva família?

— Et contestaré en el mateix ordre —va dir l'amic fingint una divertida gravetat—: les claus, com tu mateix pots apreciar, no pertanyen al llibre, però s'hi relacionen d'una manera molt directa. El diari, en un cert aspecte, té un interès excepcional. I Elena C. no és cap dama de la família, però està fortament vinculada als records del meu pare, i no pas en el sentit que tu et voldràs imaginar de seguida.

I, dirigint-se cap a la vitrina, afegí:

— No et pensis que es tracta d'un diari banal de senyoreta. Mira.

Agafà el llibre i l'obrí pel punt que assenyalava una cinta groga. Una lletra menuda, d'educació conventual, omplia una petita part de la pàgina, deixant gran marges blancs: "4 de febrer del 1902. Avui he obert l'armari. Oh, és horrible! Comparteixo un secret que no voldria haver descobert mai. Cerco endebades les paraules per a explicar-ho; la meva ploma s'asseca en intentar descriure el que han contemplat els meus ulls: Renuncio a fer-ho ara, i em sembla que mai no em serà possible."

— Què et sembla?

— Quin estil! M'hauràs de deixar llegir tot el diari.

— La resta no t'interessaria. Està plena d'una afectació insuportable. Però més endavant retorna el to misteriós.

Passà uns quants fulls i va assenyalar les següents ratlles: "20 de febrer de 1902. ¡Així contenia realment alguna cosa! ¿Però com és possible que jo no ho pogués veure? ¿Es tracta d'un doble fons que, fins ara, no ha descobert la policia? M'he comportat estúpidament. Avui l'han detingut, i tothom creu que em veuré compromesa en la investigació. Les meves amigues, a despit de l'aire compungit que adopten davant meu, em tenen una enveja terrible".

— I no hi ha res més?

— No.

— I les claus?

— Les claus i el diari serviren al meu pare en un procés que, al seu temps, va donar-li una gran notorietat. Algú va pagar un preu molt car per un crim del qual se l'acusava.

— Explica-m'ho.

— No te'n puc dir gairebé res. El meu pare no volia referir-s'hi mai. Moltes vegades, em feia l'efecte que conservava dubtes prou importants per a tenir-lo inquiet. Imagina't la importància que tot això deu haver tingut en una determinada època de la meva infantesa. Veus? Hi ha dues claus d'or i una de ferro. Una de les d'or és l'original, i les altres són còpies.

— Com ho saps?

— Foren sotmeses a peritatge i sembla que això, almenys, quedà ben clar. El meu pare tallava totes les preguntes que li fèiem i de vegades fins reaccionava amb violència, cosa realment extraordinària tenint en compte el seu caràcter pacífic. Però jo insistia, a despit dels renys, sense treure'n res. En una ocasió, el pare tingué un impuls que em deixà sorprès. Va agafar-me pel braç, em portà davant de la vitrina i digué, com si parlés més per ell que no pas per mi: "La clau de ferro podria explicar tot el misteri. En tinc el pressentiment des del primer dia. Però també intueixo que mai ningú no en sabrà res." Va dir aquestes paraules en un to profètic. Pocs dies després morí —tu ja saps en quines circumstàncies— i des d'aleshores he estat convençut que es tractava d'una profecia de debò.

— Tot això no és just. Si no esteu en condicions de satisfer-la, no hauríeu de desvetllar la curiositat dels visitants amb l'exhibició de la vitrina. Tranquil com estava, ara tindré la recança de desconèixer un drama que no m'afecta i que està quaranta-cinc anys lluny de nosaltres.

Els dos amics s'assegueren novament i la cordialitat no impedí que un posat pensarós els acompanyés durant tot el curs de la vetllada.

¿Però qui ens priva a nosaltres de saber-ne alguna cosa més?

Va començar en una petita ciutat burgesa, on els bons costums no deixaven lloc a la murmuració i en la qual una plàcida manera de viure feia que no passés res d'extraordinari.

Un ciutadà insignificant, a qui una regular fortuna posava a cobert de les preocupacions materials, experimentà el desvetllament d'una ambició que l'impulsava a significar-se, i es va inventar un artifici amb el qual, al principi, reeixí. Coneixedor de la necessitat de crear-se un clima de misteri, feia veure que sabia moltes més coses de les que podia dir, i quan aconseguia tenir en suspens els seus interlocutors abaixava lentament la mà que s'havia posat damunt del pit i la deixava relliscar per l'armilla florejada, fins a trobar la cadena que portava suspesa entre dues butxaques. Hi entortolligava l'índex, mostrava d'una manera discreta la clau d'or penjada en una de les baules i movia el dit, donant-li pendoleig.

Esperava. De vegades, la conversa encara donava uns quants tombs, però sempre hi havia algú que acabava per preguntar:

— I aquesta clau d'or?

Llavors, feia veure que una esgarrifança l'estremia.

Deixava anar la cadena bruscament i amb la mateixa mà, avançant-la com si volgués aturar alguna cosa, imposava silenci amb un gest i deia:

— Això no, per favor! Tots tenim un íntim capteniment pel qual demanem la discreció dels altres.

I la clau i les paraules li anaven donant un prestigi que li servia per a prosperar.

Va crear-se una tècnica d'assemblea, de comitè i de consell. Insinuava solucions segures que el pes d'un jurament li privava de revelar i, abans de les votacions, sol·licitava un torn i es lliurava a un petit joc: havia desprès la cadena dels traus que la subjectaven i la premia fortament dins el puny clos, deixant sortir la clau per entre els dits. Dret enmig d'una reunió de gent asseguda, girava al voltant d'un eix invisible i mostrant la mà tancada pronunciava un discurs incoherent, i al final demanava que la intel·ligència dels oients procurés l'esforç de llegir o entendre entre paraules allò que la discreció no li deixava dir clarament. Sempre hi havia algú que traduïa en idees i projectes elevats les seves frases sense connexió.

Després, aclaparat per la tensió esmerçada, s'alçava els faldons de la levita i s'asseia, mig cloent els ulls mentre tornava la cadena al seu lloc, fingint que el trenar i destrenar dels dits i les anelles era un esplai inconscient dels nervis.

Gairebé sempre sortia elegit. Tenia càrrecs municipals, presidia juntes de tota mena i, com que era l'únic ciutadà amb una llegenda, tenia fama d'ésser el més interessant.

Vivia en un petit palau rococó, estucat de color de rosa, amb cares d'àngel de pedra i espires i tirabuixons florals, alternant amb paneres i capitells insolentment inútils. En el jardí, al peu dels graons que portaven a l'entrada de la casa, hi havia la figura d'un gos de bronze, amb les orelles dretes i la rigidesa d'una vigilància metàl·lica.

Quan algú s'interessava per la figura, ell tenia la vanitat de l'amo que parla de singularitats de raça canina i d'antecessors il·lustres, i amb el bastó assenyalava les lletres en relleu del pedestal: "Fonderia del Pignone. Firenze".

La casa tenia dependències per a tots els usos i necessitats. Però la més important era aquella que contenia l'armari isabel·lí, el que obria la clau d'or.

En col·locar-lo allí, va cridar tot el servei i digué:

— Sabeu que teniu la meva confiança, el sòlid ben pensar de les persones rectes. Us deixo fer i desfer segons la feina de cadascú i teniu claus que obren tots els panys. Mai no us he preguntat per què entreu o sortiu d'una peça ni quina pols amagada us porta a regirar calaixos. Però des d'avui us prohibeixo una cosa: ningú no s'acostarà en aquest armari, ni tan sols amb el pretext de procurar neteges de conjunt. Manteniu-ho tot en bon estat, que la brillantor de les fustes de preu, de l'argent i del mosaic expliquin la benestança d'aquesta llar; escombreu, fregueu i passeu el drap per tota cosa, però que ningú no s'acosti en aquest armari! Que la vostra sol·licitud allargui la vida dels objectes, que tot presenti la cara de la polidesa, encara que aquesta cura faci més visible l'abandonament en què tindrem l'armari. Només jo tinc la clau que pot obrir-lo (els la va mostrar). Si algú intentava forçar-lo, els meus bons sentiments es convertirien en maldat i no pararia fins que pogués prendre'm venjança. Ara, dediqueu-vos a la vostra obligació i recordeu sempre les meves ordres.

Així va néixer la llegenda. Els criats la divulgaren i l'altra gent prengué al seu càrrec la feina de fer-la més completa.

A la ciutat hi havia homes il·lustres per la seva sang, a qui tothom respectava. N'hi havia d'altres que pel seu talent i els seus estudis, o bé per la seva riquesa, o perquè havien treballat en qualsevol aspecte que servia l'interès col·lectiu, rebien honors i consideracions. Però només ell tenia un armari prohibit i una clau d'or per a obrir-lo.

Moltes imaginacions havien treballat per donar una explicació a les coses que ell suggeria. Les persones poc amigues d'esforçar-se li atribuïen una fortuna gelosament guardada, però el xoc amb la lògica més elemental els desarmava. D'altres s'inclinaven a creure en l'existència d'uns documents que no podien veure la llum pública, sense explicar per quines raons. Però, com en el cas dels diners, ¿quin sentit tindria substituir la caixa forta per l'armari?

Circulava també la versió d'un amor infortunat, i el

moble guardaria, aleshores, les seves relíquies: cartes i presents sentimentals, miniatures amb retrats, qui sap quines flors premsades i, potser, retalls de roba amb poder evocador. Els qui n'eren partidaris, aplicaven llur enginy a relacionar la figura poc galant del protagonista amb una història romàntica.

Un petit cercle s'inclinava a creure que l'armari contenia un cadàver, embalsamat hàbilment, i que passarien anys abans no es pogués saber a qui pertanyia. I els més subtils deien que tot allò amagava una vergonya, sense que ni ells mateixos regategessin el prestigi que significava guardar-la sota clau d'or.

I ell, el guardador del misteri, coneixia totes les interpretacions i flotava en la fama que li creaven, mantenintse a flor d'una situació envejada.

No podia evitar de prendre partit; ell mateix, i ben a soles, se sentia posseïdor d'un secret de sang vessada, i mentre li durava aquesta visió íntima es captenia d'una manera ombrívola, passant-se sovint la mà pel front, mentre serrava els llavis. En una ocasió, vivint el paper, va deixar sense esma un grup d'amics amb el següent soliloqui:

— Per feble que sigui el lligam entre la vida i la mort, només Déu el pot desfer. Només Déu! Qui s'atreveixi a prendre amb les seves mans aquesta prerrogativa divina coneixerà el pes d'una maledicció terrible...

I acotà el cap, sense aguantar la mirada de ningú per molta estona.

Altres vegades, s'inclinava pels qui creien en documents amagats, i actuava com si els donés la raó. Prenia un posat absent i deia, per exemple: "Quin poder el de la paraula escrita! Quantes ratlles de tinta vermella sobre paper groc canviarien el curs de les coses si algú les divulgava! La responsabilitat de qui tingui al seu arbitri guardar-les secretes o fer-les conèixer és una trista herència."

Hi havia èpoques en què la seva manera de fer desorientava i l'armari es veia revestit d'una importància mítica. Semblava que contingués alhora les relíquies d'un amor, el cadàver, els documents d'interès públic i els diners.

 Però, com que les seves facultats d'apassionament

eren escasses i no podien dispersar-se, el fet de concentrar-les en un sol objectiu va acabar per dominar-lo. Al voltant de l'armari, en la seva imaginació, s'anava formant un halo que l'allunyava de les coses conegudes.

Sense que pogués endevinar-ne els motius, una por plena de puresa es convertia en el tema central de la seva vida. A les nits, quan la son de tots els objectes inanimats posava més silenci a la casa, ell es tapava la cara amb la gira del llençol i veia, com si talment pogués penetrar-la amb la mirada, la fosca de totes les peces, el rostre enemic dels mobles i els ornaments sotjant alguna presa indefinible i al centre de tot, irradiant fosforescència, l'armari amb la gravidesa d'un misteri veritable.

"És la por perquè sí —es deia—. La por de sempre que acompanya la nit. La llegenda és una creació teva i pots arreglar-la ara mateix i fer-la clara, per obrir-te l'esperit a l'arribada de la son."

Però la seva fantasia, incapaç d'esmerçar-se en dues activitats contradictòries, s'entossudia a servir-li els elements que podien tenir-lo més inquiet. Li faltava el coratge de cloure els ulls, per la temença que les coses immòbils no esperessin el moment en què l'abandonés la voluntat per lliurar-se a terribles abraonaments.

Quan la llum del dia tornava l'aspecte d'habitud a la casa i a tot el que contenia, es feia uns retrets levíssims, perquè l'orgull de saber que la llegenda tenia prou força per a obligar-lo a ell mateix li donava una visió més extensa de la manera de servir-se'n. A despit d'això, la companyia dels criats li era insuficient, i d'una manera lenta i no confessada, com si ell mateix volgués donar-se una sorpresa, li vingué la idea de casar-se.

Es va dedicar a una tria en la qual el sentiment amorós no tenia participació i establí un pla d'acord amb la tècnica que li era més familiar. Va elegir una senyoreta benestant, poc sol·licitada, i la demanà d'una manera singular, en el curs d'una entrevista amb la noia i els seus pares.

— Encara no m'he decidit a prendre nou estat —els digué—. Però, el dia que ho faci, la meva esposa entrarà en possessió d'un petit imperi. Certes indiscrecions del meu servei, que la bondat m'impedeix de reprimir, fan que sigui conegut el bon parament de casa meva i la liberalitat que tinc en l'administració domèstica. La meva dona ho compartirà tot amb mi, serà mestressa, i només li prohibiré una cosa: mai no farà cap pregunta respecte a l'armari, ni molt menys intentarà obrir-lo. Fins on li sigui possible, ni tan sols s'hi acostarà. Els sembla si, amb aquestes condicions, podré trobar muller?

La senyoreta accedí, i quan les seves amigues li recordaven de quina manera el seu promès s'allunyava de tots els ideals que s'havien forjat, ella provocava llur enveja contestant que això era cert, però que tindria oportunitat de saber alguna cosa de l'armari.

Celebraren la boda atenent totes les conveniències i van començar una curta vida matrimonial.

Un dia, mentre el marit es dedicava a repassar uns oficis, va sentir un crit de milers de puntes, que es va clavar per tota la casa. S'alçà d'una revolada i la borla del seu casquet de vellut va quedar-li dansant davant dels ulls.

"És a baix —pensà—. L'armari!" Instintivament, relacionava amb aquell moble qualsevol cosa insòlita. Va córrer, recollint-se amb les mans les faldes de la bata, i baixà l'escala a petits salts.

Els criats corrien portant-li avantatge, i, en veure de lluny l'armari amb un batent mig obert, els aturà amb la veu: "Que ningú no avanci ni un pas més!"

Els servents es quedaren quiets, i ell va fer-se camí amb els colzes, apartant-los. La seva esposa estava estesa a terra, esvanida; un terbolí de roba i de randes fines envoltava la mica de carn visible: els braços, amb la pell esborronada, i el rostre, tan pàl·lid que la mort podia emmirallar-s'hi.

Saltà per damunt del cos i va tancar la porta de l'armari, sense atrevir-se a mirar a l'interior. Introduí la clau d'or al pany i donà dues voltes, insegures pel desconeixement del que guardaven.

Va ajupir-se per assistir la dama, i en fer-ho indicà amb un gest als criats que l'ajudessin. Portaren la senyora a un sofà, i algú va anar a cercar sals aromàtiques.

El marit observà que ella tenia clos el puny dret, prement amb força alguna cosa. L'hi desclogué i retirà una clau d'or com la seva. "Una còpia —pensà. Però com pot ésser? Ah, sí! El motlle de cera. L'aprofitament de la intimitat per a agafar-me de sorpresa!"

Quan l'esposa donà mostres de reprendre el domini damunt els sentits, va fer ballar la clau davant dels seus ulls i li preguntà:

— Què significa això?

— Oh, monstre —cridà ella—. Vull tornar de seguida al costat de la mama!

Vet aquí que això va desconcertar-lo. En múltiples reflexions, havia planejat la captinença per a totes les situacions que li eren previsibles. Sabia com li seria difícil dominar l'estupor del curiós que, furtivament, comprovés l'absència d'elements misteriosos en l'armari, i de quines insinuacions li caldria valer-se per a deixar entendre que l'aparença de normalitat encobria sovint els secrets més impenetrables.

Es retirà a un racó de la sala, i aguantant-se el mentó amb la mà dreta inicià el curs d'unes meditacions, enfront d'un bust de Juli Cèsar que li sostingué una mirada de marbre sense ninetes, tan absent com la seva. "Així, doncs —pensà—, deu ser veritat la versió del cadàver ocult. Ni diners, ni documents, ni records no haurien produït un efecte semblant en ésser descoberts. Sóc un home devorat per la meva pròpia llegenda!"

La dama va alçar-se de bursada; es dirigí cap a la seva cambra i en sortí tot seguit, embolicada amb un xal.

— Demà enviaré a recollir les coses que em pertanyen.

— On vas?

— A casa!

Tingué l'impuls de dir-li que la volia acompanyar, que no podria resistir tot sol la proximitat de l'armari, però ella el deturà expressant-li repugnància.

Després del cop de porta, els criats es retiraren i ell experimentà la sensació de solitud i desemparament davant un enigma tancat entre parets de fusta.

Ni per un moment no se li va ocórrer la possibilitat d'obrir el moble i acarar-se d'una manera ardida amb el que contingués. La simple relació d'una desgràcia li allunyava la salut, i només de pensar en l'existència d'un cos mort a casa seva li venien rodaments de cap i li calia recolzar-se a la taula o cadira que tenia més a prop.

Seguiren uns dies durant els quals una nova angoixa el va guanyar. El xoc regular de la pulsació arterial es sincronitzava obscurament amb un bategar que, al seu albir, s'originava en l'armari i establia ressò per tota la casa. Amb un somriure amarg, evocava la imatge d'un explorador perdut en la selva, perseguit nit i dia per un "tam-tam" que li indicava un perill sense assenyalar-li el camí de la fugida.

De bon matí, a la llum del sol, intentava asserenar-se donant un caient favorable a les seves reflexions, i es tornava a dir que ell mateix havia comprat el moble, disposant la seva col·locació, i que ell mateix, també, era l'autor de l'engany primari al qual devia prestigi. Però el record de la conducta de la seva esposa trencava bruscament les cogitacions amables, i s'agafava el cap amb les mans: "No, no! —murmurava. El crit i l'esvaniment foren motivats per alguna cosa al marge de la meva fantasia. He sentit que, amb freqüència, l'home s'atrapa en els paranys que estén per als altres, i això és el que m'ha passat a mi." La curiositat que durant tant temps havia cultivat en els altres, ara la coneixia ell, amb una superior puixança.

Esperava que la seva dona explicaria l'experiència viscuda i que algú animat de bons oficis li faria conèixer el secret.

La mateixa nit de la separació, els pares mostraren una insistència lògica per saber les causes que l'havien motivada, però ella evità les preguntes amb les següents paraules:

— No diré a ningú el que ha passat. No vull tornar mai més al costat del meu marit, i les persones que de debò m'estimin, des d'ara no faran cap referència al meu casament.

Després, va tancar-se a la seva habitació, s'assegué davant d'un petit escriptori i obrí el calaix on guardava el seu diari. El fullejà amb amorança, rellegí unes quantes ratlles, esborrà alguna cosa i, finalment, va escriure: "L'armari era buit. Fins aquesta tarda no he tingut la còpia de la clau; he esperat un moment favorable, l'he obert i en comprovar que no contenia res, que l'única cosa que m'havia impulsat al matrimoni amb un home com ell era un engany, he fet un crit de ràbia i m'han abandonat els sentits. No diré res a ningú, perquè les meves amigues m'associarien per sempre a una història grotesca. Però mai més no tornaré al costat del meu marit."

Mossegà delicadament el mànec de la ploma i alçà els ulls en una actitud meditativa. De sobte, li vingué la idea que la intimitat dels diaris sempre acaba per ésser violada (quina gràcia tindria escriure'ls, si no fos així? —pensà), i prengué una nova resolució. Tallà la pàgina ran del plec i va cremar-la.

"Avui he obert l'armari —apuntà. ¡Oh, és horrible! Comparteixo un secret que no voldria haver descobert mai. Cerco endebades les paraules per a explicar-ho; la meva ploma s'asseca en intentar descriure el que han contemplat els meus ulls. Renuncio a fer-ho ara, i em sembla que mai no em serà possible."

Aquesta vegada experimentà una veritable satisfacció. Va guardar el diari i estirà els braços per donar la benvinguda a la son. Es despullà tota somniosa i va ficar-se al llit.

Quinze dies després, l'amor propi li encomanà una preocupació. Per alliberar-se'n, confegí una nota curta, va protegir-la amb un sobre clos i la donà a una serventa de confiança, perquè la lliurés al seu marit.

Els batecs rítmics no havien cessat ni un sol moment. En un intent per evadir-se'n, anava d'una banda a l'altra de la casa cantant amb una veu prima i esverada les tonades que podien fer-li més companyia.

Però quin engany més feble per una obsessió tan important! L'armari era allí, espiant-lo, i la por que li feia l'acompanyava pertot arreu. Diverses vegades, seguint una rauxa ocasionada per la desesperació, s'acostava a l'armari disposat a obrir-lo, però li faltava el coratge i es deixava anar en qualsevol seient, amb el cap cot i les mans agafades serrant els dits.

Així va sorprendre'l la criada que li portava la carta. Sentí una breu discussió a la porta, la veu d'algú que insistia a lliurar-li alguna cosa personalment, i al cap d'un instant llegia:

"Vaig sorprendre el vostre secret. Sé que l'armari no conté cap element misteriós, o més ben dit: no conté res.

He sentit la necessitat de dir-vos-ho perquè no especuléssiu al voltant d'una pretesa bajaneria meva. I a més, perquè us he de comminar que mantingueu la vostra història indefinidament; la meva reputació, en aquest cas, està tan lligada a l'armari com la vostra, i la veritat m'ompliria de ridícul. Cremeu aquesta carta, considereu definitiva la nostra separació i preneu totes les precaucions perquè la farsa inventada mantingui l'interès de la gent, com fins ara."

Seguien unes fredes paraules de comiat, però ni les va veure. S'alçà radiant, omplint-se els pulmons amb un gran respir. "Així, doncs, tot era una cabòria meva!", va exclamar. Esquinçà la carta, d'esma, i va llançar-la a la llar de foc encesa.

Va passar de l'abatiment més profund a una eufòria que l'abocava a totes les esperances. Es féu el propòsit d'anar al club de seguida i reveure els vells amics; donaria pendoleig a la clau d'or i es mostraria més subtil que mai. S'aproximava l'elecció de nou alcalde i una antiga ambició li revingué.

Es posà l'abric de coll de pell i el barret fort de color de cafè. Abans de sortir, s'aturà davant de l'armari i pensà: "Demà al matí l'obriré, en un acte simbòlic d'allunyament de totes les pors." Va fer-li amb la mà un gest de manyaguesa i, en acostar-s'hi, trepitjà un bassal de sang. Per l'escletxa inferior del batent de la porta, queien les gotes lentament i la taca de terra creixia. Però ell ni va adonar-se'n.

Deixà petjades vermelles damunt del mosaic del vestíbul, i en la petita estora de l'entrada. La grava del jardí va netejar-li les soles, i en carregar el seu pes sobre la pedra del carrer, amb la passa segura de l'home que fugia d'un malson, ja no el delatava la marca de cap rastre.

Va trobar que feia una nit agradable i s'afirmà en el propòsit d'anar al club amb l'assiduïtat d'abans. Però estava escrit que no hi tornaria mai més.

II. VER, PERÒ INEXPLICABLE

EL PROBLEMA DE L'ÍNDIA

D'una manera més o menys precisa, tothom sap l'adoració que els hindús dediquen als animals. Ara bé: el que la majoria de la gent ignora és que aquesta adoració sigui tan actual i, sobretot, tan absoluta.

Jo, és clar, tampoc no ho sabia. La primera vegada que vaig anar a Benarés, em pensava que segons quines coses ja no passaven i que, en el fons del fons, no havien passat mai. Era un escèptic, sabeu? I la raó no m'assistia pas.

Així, doncs, l'endemà d'arribar-hi vaig sortir de l'hotel disposat a passejar i la meva primera troballa en el país estrany, la primera sorpresa diríem, va ésser una vaca que caminava deixada anar per la vorera, sense aparença de tenir amo ni guardià. Europeu com sóc, vaig anar a trobar un policia.

— Mireu, policia: allí hi ha una vaca perduda —li vaig dir—. Si no la recolliu, farà alguna cosa que alterarà l'ordre públic...

— Que ella ens guardi a vós i a mi, foraster —respongué—. Les meves mans no són prou pures per a forçar la seva voluntat. El que heu de fer és canviar de camí i no causar-li molèstia.

I ja va estar. A partir d'aleshores, vaig comprovar que hi havia vaques a cada carrer, senyores i mestresses, i que la gent les tractava amb una submisa cortesia.

Conèixer el món em dóna un gran poder d'adaptació, i al cap d'una setmana jo podia mostrar més finor en el meu tracte amb les vaques que qualsevol hindú ben criat.

Mentrestant, una noia anglesa m'havia enamorat, i, galant com sóc, i sabedor d'allò que és plaent a les dones, un dia em vaig disposar a anar-la a veure portant-li un ram de flors realment opulent.

Estava al carrer, agafant el ram amb les dues mans, a l'espera que passés un taxi, i heus aquí que una vaca em va veure de lluny i em va mirar amb simpatia. Amb un posat garneu, aquella bèstia es va posar a caminar cap allí on em trobava i en arribar, va olorar-me una bona estona, sense portar-hi gens de pressa. Després, amb un cop de cap àvid, va allargar el morro i es menjà dues flors del ram.

Això era irritant. Oblidadís de totes les conveniències, vaig posar-li la mà plana damunt del nas (o allò que les vaques tenen com a nas) i la vaig empènyer cap endarrera.

La vaca sabia que no era permès a un estranger anar tan lluny. No tenia memòria que mai hagués passat una cosa semblant i, en defensa dels seus privilegis, va fer un bram profund, allargat, que es va sentir de tot el barri.

La gent s'agombolà al meu voltant, amb un gest d'hostilitat, i al cap d'un moment venia un policia a preguntar-me què passava. Vaig dir-li:

— La raó és meva, no em podeu fer res. M'estava aquí, sense voler mal a ningú, quan ha vingut aquesta vaca a menjar-se'm el ram de flors. Jo respecto la vaca, i mai no hauria estat el primer en la baralla. Però el ram és meu, l'he adquirit legítimament i el tinc destinat a una altra cosa.

La multitud bramulà d'indignació, i el policia es va mostrar als meus ulls positivament esgarrifat:

— Ningú, a l'Índia, no s'atreviria a negar a la vaca allò que de dret li pertany. Si el vostre ram li ve de gust, esteu obligat a donar-l'hi.

I m'obligaren a fer-ho. No em quedava altre remei que resignar-m'hi, i, desfent el meu camí, vaig tornar a casa de la florista. Un cop allí, havent pensat ja el que em calia fer per a defensar els meus interessos, vaig encarregar un ram com el primer, i un altre de poca categoria, econòmic. Vaig fer que em posessin el primer en una capsa, ben tapat, i el segon arranjat per a dur-lo a les mans ostensiblement.

Tothom haurà comprès la meva idea. El pom econòmic em serviria per a satisfer la voracitat de la vaca, tot apartant la seva atenció de la capsa.

En repassar pel lloc de la meva dissort primera, vaig veure que la vaca encara era allí, triant d'entre el paper de plata els tanys que més li abellien. La bèstia aixecà el cap i em mirà plena de fatxenderia, segura de disposar de mi al seu arbitri.

"Ara rai" —vaig pensar. I manejant la meva picardia, que sempre he sabut superior a la d'una vaca, vaig acostar-m'hi caminant com un súbdit davant del senyor. Ella, amb l'abusivitat que dóna l'exercici d'un poder sense límits, olorà les flors, tot somrient. Jo em vaig avançar al seu desig i li vaig allargar el ram polidament.

Des d'allí a prop, el policia em va enviar un gest amical d'aprovació. Quan aquella autoritat va acostar-se'm per donar-me les gràcies en nom de l'Índia, li vaig dir:

— Aquesta vegada, l'avantatge és meu. El ram veritable el porto dins la capsa, i això que la vaca s'està menjant és un pom de quatre cèntims.

Ni mai que ho hagués dit! El policia trobà que l'engany era monstruós, i, havent-me detingut per respondre del meu delicte, un jutge em condemnà a tres mesos de presó, "perquè havia fet trampa a una vaca sagrada".

ELS CATALANS PEL MÓN

Una vegada vaig anar a Birmània vigilant una expedició de blanc d'Espanya.

El viatge va anar força bé i en arribar a Yakri, un reietó local m'oferí hospitalitat de bona llei. Havent-hi per allí pocs europeus, aquell senyor va tenir interès a fer evident la brillantesa de la seva cort i em retenia, feia que el meu repòs s'allargués més del que m'havia proposat.

Perquè la meva presència occidental no desllluís l'etiqueta de palau, el monarca em va donar una capa tota brodada de perles i pedres fines, amb la condició que només me la podia treure per dormir.

Les residències reials d'aquells països són com una mena de parc, on bèsties i persones viuen en comú, guardant determinades diferències. Hi ha una gran quantitat d'ocells, elefants de jardí, felins, tortugues sagrades i profanes, insectes de la temporada i altres animals, tan rars que arriben a fer respecte.

L'estada allí era una festa seguida. Cantàvem, ballàvem i menjàvem del matí al vespre i cada vici tenia la seva satisfacció. Però, com que jo era persona manada i mai no he negligit el deure, va venir el dia del comiat, i el reietó, per obsequiar-me, va organitzar una gran exhibició folklòrica.

El sobirà, vestit de gala, em va fer seure al seu costat.

[1] No n'hi havia cap. (Aclariment de consciència.)

Tenia una pantera als peus i un lloro magnífic a l'espatlla dreta. Va picar de mans i començà el programa.

Després de sentir cantar gent de totes les contrades del país, sortiren dues-centes ballarines, que es posaren a dansar d'una manera monorítmica. El ball va allargar-se hores i hores, sempre igual, sempre amb la mateixa cadència. Quan el tedi s'apoderà de mi, vaig dir a manera d'expansió, en català i alçant la veu:

— Mal per mal, m'agraden més les danses de Castellterçol...

El lloro va fer un crit gutural i dirigint-se a mi digué:

— No us emboliqueu. Si us sent el Gran Intèrpret esteu perdut.

Va dir-ho en un català tan correcte que de moment se'm va tallar l'alè. Home de món com era, vaig dissimular davant del rei, però aquella nit, quan tothom dormia, vaig cercar el lloro, que va explicar-me la seva història. Era un lloro català, de Cadaqués, i havia arribat fins allí per atzars de la vida.

Per moltes que fossin les coses que ens separaven, hi havia l'idioma que ens unia, i teníem records comuns.

Parlàrem del Mediterrani i de les nostres esperances de reveure'l, i l'endemà de bon matí, en marxar de Yakri, tenia el cor més tendre que el dia de l'arribada.

L'ARBRE DOMÈSTIC

En aquesta vida he tingut molts secrets. Però un dels més grossos, potser el que estava més en pugna amb la veritat oficial, és el que ara trobo oportú d'explicar.

Un matí, en llevar-me, vaig veure que en el menjador de casa meva havia nascut un arbre. Però no us penseu: es tractava d'un arbre de debò, amb arrels que es clavaven a les rajoles i unes branques que es premien contra el sostre.

Vaig veure de seguida que allò no podia ésser la broma de ningú, i, no tenint persona estimada a qui confiar certes coses, vaig anar a trobar la policia.

Em va rebre el capità, amb uns grans bigotis, com sempre, i duent un vestit l'elegància del qual no podria explicar, perquè el tapaven els galons. Vaig dir:

— Us vinc a fer saber que en el menjador de casa meva ha nascut un arbre de debò, al marge de la meva voluntat.

L'home, vós direu, es va sorprendre. Em va mirar una bona estona i després digué:

— No pot ésser.

— Sí, és clar. Aquestes coses no se sap mai com van. Però l'arbre es allí, prenent llum i fent-me nosa.

Aquestes paraules meves van irritar el capità. Va donar un cop damunt la taula amb la mà plana, va alçar-se i m'agafà una solapa. (Allò que fa tanta ràbia.)

— No pot ésser, dic —repetí—. Si fos possible això, seria possible qualsevol cosa. Enteneu? S'hauria de repassar tot el que han dit els nostres savis i perdríem més temps del que sembla a primer cop d'ull. Estaríem ben arreglats si en els menjadors de ciutadans qualssevol passessin coses tan extraordinàries! Els revolucionaris alçarien el cap, tornarien a discutir-nos la divinitat del rei, i qui sap si alguna potència, encuriosida, ens declararia la guerra. ¿Ho compreneu?

— Sí. Però, a despit de tot, he tocat l'arbre amb les meves mans.

— Apa, apa, oblideu-ho. Compartiu amb mi, només, aquest secret, i l'Estat pagarà bé el vostre silenci.

Ja anava a arreglar un xec quan es mobiltizà la meva consciència. Vaig preguntar:

— Que és d'interès nacional, això?

— I tant!

— Doncs no vull ni un cèntim. Jo per la pàtria tot, sabeu? Podeu manar.

Al cap de quatre dies vaig rebre una carta del rei donant-me les gràcies. ¿I qui, amb això, no es sentiria ben pagat?

CADA U DEL SEU OFICI

En una altra ocasió, em trobava navegant en alta mar. Si no recordo malament, anava a l'Àfrica a caçar una determinada raça de negres, aneu a saber amb quin objecte.

M'ensopia, el vaixell se'm feia petit i la gent que duia anava perdent la gràcia, si és que n'havien tinguda. Ociós, un dia, vaig anar a veure el capità; el vaig trobar que feia números per tal de navegar a dretes, però no va pas refusar la conversa.

Ell tenia la seva idea fixa i jo la meva. Com que ell era capità, va aferrar-se primer a la seva i digué:

— Si alguna cosa mereix que un home hi dediqui la seva vida, és l'art de la rellotgeria. Els rellotges tenen una ànima i una veu, i una oculta personalitat que correspon a cada màquina-individu. Els homes tenim, en el món, un rellotge per cada un de nosaltres, però només un que ens vagi bé, com diu que només hi ha una dona que ens pugui escaure totalment. Anem per la vida cercant el nostre rellotge, amb un festeig sublim, i molt rarament tenim la sort de trobar-lo.

"L'home que l'ha trobat es distingeix de seguida dels altres. Té una mena d'aplom en la distribució del seu temps que no pot enganyar ningú, i, quan consulta el seu rellotge, aquest surt ample de la seva butxaca sol·licitant una carícia del senyor. L'home se'l mira sense precipitar-se, el sospesa, passa el dit polze per damunt del vidre i mai —ho enteneu bé— mai no li dóna corda fora d'hores. Si coneixeu alguna d'aquestes persones, veureu que les coses els van regularment bé.

"Els altres, els que no l'han trobat, només consulten el seu rellotge quan no en tenen cap de torre que els sigui visible; si els presenten algú no s'obliden mai de preguntar-li si té hora bona, i rectifiquen la seva sense investigar. Quan tenen el rellotge a les mans no es poden estar de donar-li corda, i el sorollen i l'escolten amb un gest de desconfiança. Aquesta gent sempre fa massa tard o massa d'hora i us donen la impressió que no acabaran mai de trobar la seva jeia.

"Jo sóc un cas de vocació contrariada. Faig de capità de mar per herència, i una mica perquè em van enganyar dient-me que un vaixell és de les coses que s'assemblen més a un rellotge. No ho creguéssiu pas.

"El meu ofici de l'ànima és la rellotgeria. D'això de la navegació —és un dir-vos-ho a vós—, no n'he tret mai l'aigua clara."

L'entrevista va acabar aquí. Després, abans que passessin tres o quatre dies de mar quieta i bon temps, el vaixell encallava en una illota on no érem esperats ni el capità, ni jo, ni cap dels vuit-cents passatgers i tripulants que ens acompanyaven.

L'ESPERIT GUIA

Totes les persones, quan arriben a una certa edat, han tingut contactes amb el sobrenatural, i, quan ve a tomb i en tenen ganes, ho expliquen.

Jo, potser perquè la realitat no m'acaba d'anar bé, m'he mogut sempre pel més enllà amb un gran deseiximent. Tinc somnis profètics, pressentiments alertadors, trec partit de la telepatia i, a casa meva, fora d'èpoques de veritable penúria econòmica, hi ha hagut sempre fantasma.

La present, però, no és una història de por. Aquesta declaració es faria innecessària si la gent tingués més lectures i estigués ben convençuda que les coses dels esperits no en fan, de por. És qüestió de saber-los tractar en un cert sentit i amb una certa mesura, sense donar-los massa importància.

Hi va haver una temporada que cada nit, poc després d'adormir-me, era despertat per tres cops donats a la paret de la meva cambra, seguits pel tic-tac d'un pèndol que no corresponia a cap rellotge fet i dret. Des del principi, vaig sospitar l'origen del soroll, i precisament per això feia el distret, perquè per a tractar amb esperits se n'han de tenir moltes ganes.

Però un dia va arribar a fatigar-me la insistència del meu comunicant, i aixecant-me del llit amb una revolada, vaig preguntar:

— Què passa?

— Sóc jo.

Era un esperit, és clar. Carregat de prejudicis, espieta,

amb l'aire de no tocar de peus a terra que tenen tots els esperits.

— Venia a demanar-vos que feu de mitjancer en un assumpte que m'han encarregat... —digué.

— Quina mania! —vaig respondre—. No sé com teniu humor de tornar al món per ficar-vos en coses de mortals.

— Som gent manada, nosaltres.

Tenia una veu humil, que predisposava a favor seu, i com de fet creia de bona fe, com tots ells, que tenia qui sap les coses a fer, vaig tractar-lo amb benevolència.

— I amb què us podria fer servei, jo?

— Mireu; hi ha un comerciant (del qual tinc cura perquè sóc un esperit parent seu) que demà passat vol agafar l'exprés de les deu per començar un viatge de negocis. Cal avisar-lo perquè no l'agafi. L'exprés descarrilarà i hi haurà una colla de desgràcies.

— És segur, això?

— I tant! Amb coses així, no hi fem mai broma nosaltres.

— I per què no l'aviseu vós directament?

— Ja ho he provat, però no en surto. Cada vegada que em presento, fuig de casa despertant tot el veïnat.

Això era greu, me'n vaig adonar de seguida.

— Però no n'hi ha prou amb avisar el comerciant. Cal avisar tothom.

— No m'han estat donades instruccions sobre l'altra gent. Em guardaré molt d'esguerrar les coses posant en joc la meva iniciativa.

A mi, però, no em lligava cap disciplina, i em va semblar que era un deure meu evitar aquella catàstrofe.

L'endemà vaig anar als diaris portant una nota que deia: "Es fa saber al públic en general que l'exprés que sortirà demà a les deu descarrilarà. S'adverteix a totes les persones que no tinguin una veritable necessitat de pujar-hi que se n'abstinguin, perquè aquestes coses no se sap mai com acaben." La meva intenció era que la publiquessin a primera pàgina amb negretes i requadrada, però no hi va haver cap director que s'hi resignés. Trobaven que era prematur prendre partit a favor de la notícia i m'aconsellaren que no m'hi preocupés. Què podia fer? Amb la policia, no podia comptar-hi, perquè em demanaria detalls que no estava en condicions de proporcionar. Només em quedava un recurs. Anar a la companyia de ferrocarrils i avisar-los.

Em va rebre el director, un respectable cap de negocis. Vaig dir-li:

— Venia a dir-vos que demà l'exprés de les deu descarrilarà.

No va moure ni un múscul de la cara. Va mirar-me fixament i preguntà:

— Que ho dieu amb pretensions de profecia, això?

— Vós mateix. Ho dic perquè prengueu les necessàries providències.

— Ja podeu suposar que no us esperàvem a vós per a saber el que fa al cas.

— Coneixeu la notícia?

— L'exprés de les deu descarrila cada dia.

— Ah, sí?

— Sí —diu—. És una mena de tic.

Ho deia amb gran aplom. Jo, naturalment, no podia pas cedir.

— Però, i la gent?

— Hi ha molt poques persones que l'agafin.

— Per pocs que siguin, els passatgers mereixen garanties.

— Els tenim assegurats.

Això, és clar, tancava la conversa a favor del director. Vaig sortir de la Companyia amb una legítima indignació i, aquella mateixa nit, a les dotze, cridava l'esperit. En presentar-se vaig dir-li únicament:

— Que en sou, de quimèrics!

Eren quatre simples paraules, si voleu, però el to en què foren dites el va deixar glaçat.

FET D'ARMES

Un dia, fent guerra, vaig trobar-me separat de la meva gent, sense armes, sol i desemparat com mai. Em sentia una mica humiliat, perquè tot feia preveure que el meu concurs no devia ésser decisiu i la batalla feia via, amb un soroll i una quantitat de morts que esgarrifava.

Vaig asseure'm a la vora d'un camí per fer determinades reflexions sobre aquest estat de coses, i vet aquí que, de sobte, un paracaigudista vestit d'una manera estranya va prendre terra a prop meu. Sota la capa que portava, s'hi veia una metralladora i una bicicleta plegable, tot això dissimulat, és clar.

Va acostar-se'm i amb un accent estranger molt marcat em preguntà:

— ¿Que em podríeu dir si vaig bé per a anar a l'Ajuntament d'aquest poblet?

(Per allí, la setmana passada, hi havia un poble.)

— No sigueu ase —vaig dir-li—. Se us veu de seguida que sou un enemic, i si aneu cap allí us agafaran.

Això el va desconcertar, i després de fer un soroll amb els dits que denotava la seva ràbia replicà:

— Ja m'ho semblava, que no ho havien previst tot —respongué—. Què em fa falta? ¿Quin és el detall que m'acusa?

— Aquest uniforme que porteu és caducat. Fa més de dos anys que el nostre general el va suprimir, donant a entendre que els temps havien canviat. Aneu mal informats, vosaltres.

— L'hem tret d'un diccionari —va dir-me amb tristesa.

Es va asseure al meu costat, aguantant-se el cap amb les mans, segons sembla per pensar amb més garanties. Jo me'l mirava i de cop li vaig dir:

— Vós i jo el que hauríem de fer és barallar-nos. Si portés armes com vós ja us ho diria d'una altra manera...

— No —digué—, no valdria. De fet estem fora del camp de batalla i els resultats que obtinguéssim no serien homologats oficialment. El que hem de fer és mirar d'entrar al camp, i allí, si ens toca, ens les mesurarem.

Provàrem fins a deu vegades d'entrar a la batalla, però una paret de bales i de fum ho impedia. Per mirar de descobrir una escletxa, pujàrem en un petit turó que dominava l'espectacle. Des d'allí es veia que la guerra seguia amb una gran empenta i que hi havia tot el que podien demanar els generals.

L'enemic em digué:

— Vist des d'aquí fa l'efecte que, segons com hi entréssim, més aviat faríem nosa...

(Vaig fer que sí amb el cap.)

— ... I, això no obstant, entre vós i jo hi ha una qüestió pendent —acabà.

Jo trobava que tenia tota la raó, i per tal d'ajudar-lo vaig suggerir.

— I si anéssim a cops de puny?

— No, tampoc. Devem un cert respecte al progrés, pel prestigi del vostre país i del meu. És difícil —digué—, és positivament difícil.

Pensant, vaig trobar una solució:

— Ja ho sé! Ens ho podem fer a la ratlleta. Si guanyeu vós podeu usar el meu uniforme correcte i fer-me presoner; si guanyo jo, el presoner sereu vós i el material de guerra que porteu passarà a les nostres mans. Fet?

S'hi avingué, jugàrem i vaig guanyar jo. Aquella mateixa tarda, entrava al campament, portant el meu botí, i quan el general, ple de satisfacció pel meu treball, em va preguntar quina recompensa volia, li vaig dir que, si no li feia res, em quedaria la bicicleta.

LA FI

Per acabar les meves memòries, tinc la sort de poder anticipar alguna cosa, gràcies a la profecia que em va fer una gitana de Barcelona.

Un dia de festa, a la Porta de la Pau, va acostar-se'm una dona bruna, vestida amb retalls de seda de colors, i per deu cèntims em digué que jo moriria agafat per una bicicleta. Són deu cèntims que es podien pagar de gust.

Amb això ja n'hi ha prou per a formar-se una idea de com anirà el succés, i jo, molt sovint, em dedico a imaginar-me'l. Segurament que, quan l'hora arribi, seré un home d'edat indefinida. Potser em trobaré vivint el tercer o el quart any d'exili i em guanyaré la vida donant lliçons d'alguna d'aquestes coses que sé a mitges.

Mai no he portat barret, però en la imatge que em correspon en aquesta evocació sempre em veig amb un flexible curt d'ales i alt de copa, de color verd-trist. Camino pel carrer mirant a terra, amb les mans agafades al darrera, pensant intensament en un llibre que em donarà fama i diners.

Els amics no començaran a venir fins que ja sigui a l'hospital, on hauré perdut la facultat de conèixer-los. Algú, emocionat, dirà:

— Quina llàstima! Tan ros com era...

Després faré un esforç final per llençar el crit de les meves conviccions i quedaré llest. Una persona de la meva confiança anirà per dir-me una oració fúnebre; però, ennuegada, només li sortiran tres paraules:

— Sembla una litografia.

Aleshores jo, sense el pes de la carn, em sentiré deslligat de mans. I, si finalment resulta que n'hi ha, aniré al cel, on passaré una llarga temporada.

O ELL, O JO

Una temporada vaig arribar a ésser tan feliç que m'ensopia. El cel em queia al damunt, el món se'm feia petit i no tenia aspiracions d'impossible realització ni contrarietats que m'ajudessin a viure. Sembla impossible; vaig estar a punt de conèixer la dissort per un excés de felicitat, com aquella gent que diu que es moren per massa salut.

Què podia fer? Vós mateix. Seguia els jardins públics i els cafès, empaitava les dones, llegia novel·les d'aventures, freqüentava teatres, cinemes i altres llocs de divertiment, sense aconseguir res que em trenqués la placidesa.

Ja es veu que allò no podia durar, que contravenia lleis gairebé immutables i que sant hi hauria, o poder diví, que hi posaria terme.

I així fou, i no pas a la simple manera normal, sinó d'un bell estil singular.

Succeí que prop de l'hotel on m'allotjava va instal·lar-se un parc d'atraccions, una petita fira que tarda i nit omplia el barri d'un rara música mecànica.

Així que obrien l'espectacle, jo era el primer d'entrar-hi. Tirava al blanc, feia el circuit de la casa de la por, pujava a totes les màquines i menjava de totes les llepolies; el segon dia de visita, ja vaig descobrir el secret de la noia decapitada, i al cap d'una setmana festejava amb ella.

Però no és aquest el cas. La cosa a la qual he fet referència primer, va passar pocs dies abans que el parc plegués per anar a una altra banda.

Era un vespre de festa, i la fira es veia molt animada.

Tot anava bé, tot feia bonic, i la meva felicitat prenia l'aire de passar-me desapercebuda.

I vet aquí que em disposava a pujar a la Gran Roda, quan vaig veure que un individu igual que jo prenia bitllet per entrar al Tub de les Rialles. He dit que era igual que jo, però amb això no n'hi ha prou; és que s'assemblava tant a mi, que era com jo mateix davant meu. Era com la meva imatge fora del mirall, dotada d'independència.

Quina cosa més intolerable! Em sentia com es deuria sentir un autor que, havent acreditat un pseudònim ple de personalitat, comprovés que un altre se'n serveix.

De moment les nostres mirades es trobaren, i ni ell va entrar al Tub de les Rialles ni jo vaig pujar a la Gran Roda. Simultàniament, va sortir de les nostres boques un rondineig que no recordava gens la veu humana, i les nostres orelles es posaren altes, tenses, com en els grans moments. Semblàvem —demano perdó pel paral·lel— dos gossos que es troben acarats de sobte en tombar una cantonada.

Va ésser fatal, inevitable; tothom ho comprendrà: ens abraonàrem l'un contra l'altre com dues bèsties ferides. L'abraçada de la lluita va posar tan evident la nostra semblança, que la gent que s'ho mirava no va poder creuar apostes.

Recordo que rodolàrem per terra, i que tan aviat veia la lluna damunt meu, com sentia el nas colgat en la sorra. Les dents de cada u van conèixer la carn de l'altre; foren provats tots els cops, totes les claus, i no hi havia cap reglament que ens fes nosa. Tan orgullós que he estat, a vegades, de les meves mans, i aleshores n'hauria prescindit de gust, a canvi de tenir una bona pedra al capdavall de cada braç.

Aquella vegada, va prevaler la raó, i justícia fou feta. Quan un policia ens va separar, el meu adversari estava desfigurat.

De moment el policia se'ns volia endur. Però jo li vaig explicar el que havia passat, amb testimonis que certificaven la veracitat de les meves paraules, i l'home, comprensiu, digué:

— No hi ha delicte. Jo hauria fet igual. Jo i qualsevol home ben nascut, em penso.

L' "HEDERA HELIX"

¿No heu experimentat mai la tendresa que poden desvetllar les petites atencions? Jo sí, i me n'he hagut de penedir sempre.

Triant un exemple qualsevol, a l'atzar, se m'acudeix el que em va passar amb una amiga. En una ocasió, per donar-me una sorpresa, em va preparar un dels plats que m'agradaven més, i al final de l'àpat va allargar-me un paquet que contenia una corbata arrogant. Sí, ja sé que el qualificatiu causa estupor, però em vaig passar setmanes cercant-ne d'altres, i després de tot aquest és el que em va semblar bo.

El que succeí fou que no era el meu sant, ni feia anys ni celebrava cap festa meva, i, per molt que em dolgui confessar-ho, la delicadesa d'ella m'entendrí. I això a despit del color de la corbata i de l'aprenentatge que exerceixo, de fa anys, per tal d'aconseguir una ideal solidesa de caràcter.

L'endemà (com que ja tenia el propòsit fet) me'n vaig anar al mercat de flors. La nit abans havia dedicat hores de les de dormir a triar obsequis que anessin bé, i, per molt que costi de creure, la resolució darrera fou en el sentit de comprar una planta grimpadora, perquè la meva amiga tenia un jardí interior, amb un dels quatre vents limitat per una paret que em desplaïa. Recònditament, la idea era mostrar sol·licitud i al mateix temps conspirar contra el mur, que moriria ofegat per l'herba.

Els meus coneguts ja saben que sóc pacient en les coses que mereixen paciència, però que en els altres casos acostumo a portar pressa. En el cas de la planta em va semblar des del principi que no hi podia perdre temps, i ho vaig dir així al venedor, que em va ensenyar la seva mercaderia.

— Aquí en teniu una que creix en tants dies.

— Ui, no! La que desitjo ha d'ésser més ràpida.

— Aquella de l'extrem triga la meitat.

— Encara és massa.

El florista em va mirar durant una estona, i després afirmà que allò constituïa una demanda especial ("rara", em demanà que li permetés de dir). M'aconsellà que veiés una parada de plantes difícils, prop d'allí, i, seguint la recomanació, al cap d'un moment provava de fer-me entendre en un altre lloc.

— Tinc el que voleu —digué el comerciant—. Però la llei em priva de vendre aquesta mena de plantes sense que el client accepti la plena responsabilitat de la compra. Si esteu disposat a signar uns papers...

Jo ho estava, és clar, i vaig omplir uns formularis oficials. Després, el venedor sembrà llavors en un test i em va demanar que em fixés en la superfície de la terra, la qual començà a inflar-se en dos o tres llocs i s'obrí en esclats minúsculs per a donar sortida amb un zumzeig perceptible a uns quants brots de color verd.

— Això és el que vull. Quin nom té?

— Oh, és una variant poc coneguda de l'"Hedera Helix".

Convinguérem el preu i, abans d'anar-me'n, aquell home em digué que, si vivia lluny, seria bo que no m'entretingués pel camí.

Agafava el test amb les dues mans i me'l premia contra el pit, mentre aprofitava el retorn per a imaginar-me l'alegria de l'amiga.

Fora del mercat, hi havia un home que ballava damunt de vidres trencats, i, això, no m'ho deixo perdre mai. Me l'estava mirant, quan vaig sentir que l'heura m'arribava al rostre, i creixia fent una bonior de vol d'abelles que em produí alarma. Les fulles s'arrapaven a la cara i molestaven, fins al punt que, en enfilar-se pel pavelló de l'orella, em privaven d'una audició normal.

Aleshores em vingueren ganes de contractar un taxi,
 però els taxistes —amb l'instint sinistre que és tan seu—

s'adonaven del que m'ocorria i fixaven tarifes elevades. Irritat, vaig canviar d'idea, optant per emprendre una carrera amb totes les meves forces.

Recordo que, en passar per davant d'una catedral, la planta em va impossibilitar els braços. Jo no aguantava el test amb les mans, sinó que el sostenien les fulles que se m'anaven adherint al cos. De totes maneres era igual, perquè el test va resistir menys que no pas jo: s'esquerdà de sota i sortiren les arrels, que començaren a resseguir-me les cames per buscar la terra amb avidesa.

Poc abans d'arribar a la casa (ja la podia veure), els rebrots em van privar tant de moviments, que havia d'avançar fent salts amb els peus junts. Bellugava els músculs de la cara amb desesperació, per desviar el curs de la creixença i evitar que la seva nosa em tapés els ulls.

Quan ja era gairebé a la porta, les arrels arribaren a terra i s'hi van clavar, convertint-me en una mata d'herba. Un manyoc de tiges es va dividir sota la meva barba, pujà la meitat per cada galta i en arribar al cap s'uní novament i va trenar-se, de manera que em va serrar de dents i no podia emetre cap so.

A través de les clarianes que deixaven les fulles, esbatanava la mirada, que era l'única cosa que podia fer. Imagineu-vos el meu estat d'esperit en descobrir la meva amiga que tornava a casa, després de la seva hora de compres.

Ella va veure la inusitada capa de verd, i m'identificà per la corbata (que sobresortia de la planta). Va acostar-se'm, em va amenaçar amorosament amb una mà i servint-se d'aquella veu dolça que m'enamorava tant digué:

— Baixa de l'arbre, grandolàs! ¿No veus que ja no tens edat per a aquestes coses?

UNA CURIOSITAT AMERICANA

Moltes vegades, els meus amics m'han preguntat la procedència de la gran figura que tinc en el rebedor de casa meva. He hagut de perdonar sempre aquesta curiositat perquè es tracta d'una cosa singular. Però fins ara no em decideixo a donar detalls, tenint per segur que el temps transcorregut m'estalviarà complicacions.

Fou així: un dia va venir a veure'm un senyor de Colòmbia a qui jo no coneixia. Ell mateix va prendre la iniciativa:

— Vinc de part d'un amic vostre que viu a Santa Rosa. Jo he hagut de fer una visita de negocis a aquest país i el vostre amic em va pregar que us vingués a dir que ell, la seva senyora i les nenes es troben en bon estat de salut.

El vaig fer entrar, oferint-li seient. Era una persona molt polida, d'una correcció que portava com un pes; els seus vestits denotaven una preocupació a favor de l'elegància i s'assegué sense fer-se ni una sola arruga.

— Estareu molts dies en aquesta ciutat?

— No. Me'n vaig demà de bon matí, amb l'avió de les sis.

Era tímid. Per tal d'ajudar-lo a lligar conversa, el vaig convidar a beure i el licor el desencongí. Començà a explicar-me coses d'una dama coneguda seva, víctima d'un mal matrimoni que, segons ell, mereixia el pietós interès de tothom. En el curs del seu parlament, em digué que la senyora estava casada amb un militar, i de sobte, com si aquesta circumstància l'hagués allunyat del tema central per una associació d'idees, em preguntà:

— A propòsit: em podríeu dir si em serà possible de trobar aquí municions del calibre 6'35?

Jo no tenia ganes de mostrar sorpresa davant d'un foraster, i li vaig dir que sí, que segurament en trobaria. I perquè veiés que no em deixava impressionar li vaig preguntar si usava armes de foc.

— Sí —digué—. Per una preocupació de tipus purament personal. Tinc una pistola automàtica que és una joia.

I es tragué de l'infern de l'americana una arma de fantasia, niquelada i amb aplicacions de nacre.

A mi les armes m'han agradat sempre, però les d'aquest model no les puc sofrir. Amb tot, per cortesia, vaig demanar-li que me la deixés veure.

Va allargar-me-la i la vaig agafar fent pinça amb els dits. Era una pistola repugnant, que molestava, com un objecte d'art per a decorar pianos.

La tenia en el palmell de la mà, cercant paraules per dir que m'agradava, quan la pistola es va disparar.

— Dispenseu —vaig dir.

El senyor va fer un ep feble i es portà les mans a l'estómac.

— Que us ha tocat?

— De ple!

Vaig dir-li que no s'espantés, que no seria res, i jo mateix el vaig ajeure en un sofà. Tenia l'esperit tranquil perquè estava segur que aquella coseta no podia fer mal a ningú. No obstant això, com que em plau d'observar les lleis de l'hospitalitat, em vingué el propòsit d'ésser sol·lícit i de seguir-li —pensava jo— la seva jeia de ferit.

— A veure, a veure —li anava dient—. No cal pas que perdem la serenitat.

Ell mateix es descordà la roba i em va mostrar un foradet damunt la pell, com la picadura d'un insecte gran.

— Us fa mal?

— No ho sé. Em trobo malament.

Em va semblar que devia tractar-se d'una d'aquestes persones fleumes, i per tal de tranquil·litzar-lo (tot fent veure que jo sabia exactament el que calia fer en aquests casos), vaig donar una mirada als medicaments que guardava a casa meva. Tenia tintura de iode, dues aspirines i bicarbonat. "Encara et sobraran recursos", pensava. I, segur que tots dos exageràvem, li vaig pintar la ferida amb iode, obligant-lo tot seguit a prendre una aspirina.

— Apa. Ara descanseu una mica i cap a casa falta gent, per tal de ficar-vos d'hora al llit. Demà us sentireu com nou i podreu retornar a Colòmbia com si no hagués passat res.

— Em sembla que no hi tornaré mai més, a Colòmbia.

Tenia un filet de veu i una gran pal·lidesa li anava guanyant el rostre.

— Vinga, home, vinga. Encara em faríeu enfadar. Si vós mateix us suggestioneu, acabareu per trobar-vos malament de debò.

Aleshores, li va venir el neguit d'excusar-se per les molèsties que em donava, i durant una bona estona murmurà paraules de disculpa, aparentant —creia jo— un gran esforç.

— Potser convindria avisar un metge —digué després.

— No, home, no. Es riuria de nosaltres.

Mig d'esma s'anava desfent les arrugues del vestit i procurava no posar els peus damunt la tela del sofà. Vaig observar que aclucava els ulls i que es deixava vèncer per una mena de somnolència.

— Sobretot, no us ensopiu. Hauríeu de provar d'alçar-vos i caminar una mica.

— Em fa mal l'estómac, ara —respongué.

Estava temptat d'aixecar-lo d'una bursada i obligar-lo a trobar-se bé. Però el meu paper d'amfitrió m'ho impedia, i vaig dir-li:

— Bé. Us donaré una mica de bicarbonat i res més. Enteneu? I feu-vos el pensament que amb això n'hi ha d'haver prou.

De bo de bo, jo començava a sentir-me irritat. D'aquell amic de Colòmbia (i de la seva senyora i les nenes), tant se me'n donava; hauria pogut passar molts anys sense saber-ne res. I, per una notícia no desitjada, em veia obligat a quedar-me a casa, lligat per les pors d'una persona esveradissa. El més que podia pensar —i a vegades encara ho penso ara— és que aquell senyor devia haver menjat alguna cosa en males condicions, o bé que patia una vella malaltia que feia crisi aleshores.

— Sou un home sa, vós? —vaig preguntar-li.

— Sí. Mai no he estat malalt. Però ara m'acabo. M'hauríeu de portar a alguna banda, perquè si no em moriré aquí, i serà d'una incorrecció imperdonable.

— Sí que ho seria. No ho puc admetre de cap manera. Després de tot, la bona educació no m'obliga a tant.

Però no em preocupava massa. Sempre he sentit dir que una persona no es mor així com així, i no podia creure que aquella, sense reals motius que jo pogués reconèixer, donés un pas de tanta transcendència en el sofà de casa meva.

Em vingué l'impuls d'obrar amb energia, i agafant-lo per sota l'aixella el vaig alçar.

— Proveu de caminar.

Ho intentà sense convicció, se li plegaren els genolls i caigué.

— Torneu-me al sofà, si us plau —em va dir—. No us causaré més molèsties pel fet de morir còmodament.

Va fer una pausa, mentre jo el collia, i després afegí:

— Estic avergonyit. Us asseguro que, aquestes coses, les voldria passar en la intimitat...

Mentre ho deia, em va mirar amb una mirada tan submisa, que m'entendrí.

— Home —li vaig dir—, aquest no és el cas. Si és que esteu ben decidit, no us considereu lligat de mans per la meva presència. Feu-vos el càrrec que us trobeu a casa vostra.

Tant de bo que no li ho hagués dit mai! Em va somriure amb un gran esforç, tot expressant agraïment, i començà a apagar-se, abandonant la voluntat de viure.

Jo procurava animar-lo, explicant-li acudits, però em semblà que no m'escoltava. No podria dir l'estona que vàrem passar així; em fa l'efecte que passaren hores, perquè va fer-se fosc i em vaig veure obligat a encendre els llums.

Vingué un moment en el qual el senyor de Colòmbia es va incorporar amb energia, alçant el braç dret amb el puny clos i esbatanant els ulls. "Ja li passa", vaig pensar jo.

Però m'equivocava. Em va mirar i cridà:

— Visca el panamericanis...!

I caigué d'una manera total, com si se li hagués trencat una gran roda.

— Per favor —li deia tot sacsejant-lo—. No us en aneu sense dir-me el vostre nom, almenys.

I quan jo pronunciava aquestes paraules, ell ja no hi era. El darrer alè de vida li fugia en aquell instant, com una anella de fum blau. "Nyicris!", vaig remugar amb les dents closes.

A desgrat del meu despit, tenia la sensació clara que s'acabava de produir un fet important. La mica de bèstia que és fama que tots portem a dins m'encomanà un pensament: "Ara, tot el que porta al damunt et pertany." Però sento la civilització fortament, i vaig foragitar la idea. Aleshores, com em passa sempre enfront de situacions difícils, em dominà un empatx de transcendència i tot de normes socials m'ompliren la memòria.

Vaig suposar que un home curós d'ell mateix com era el difunt, dels anys que aparentava i, segons podia suposar-se pel seu capteniment, persona de bons costums, devia ésser casat. Se m'ocorregué que la primera cosa que calia fer era escriure a la vídua comunicant-li la novetat. Sense pensar-ho gaire, vaig agafar paper i ploma per a escriure-li la següent carta:

"Senyora: em trobo en el cas de prendre les precaucions que s'acostumen quan es tracta de comunicar la notícia d'una mort inesperada.

Tots els circumloquis serien improcedents, perquè, ratlla més, ratlla menys, us ho he de dir de totes maneres. Diu que serveix de consol en aquests casos pensar que tots hem de passar pel mateix adreçador. Penseu-ho així i resigneu-vos: el vostre marit ja no és d'aquest món.

També us servirà de conhort, i d'exemple per als vostres fills (si és que n'hi ha), el saber que l'últim pensament del desaparegut ha estat per a un gran ideal americà.

En fi. Penseu que, encara que ens hagi deixat, el seu record, etc., etc.

Us prego que em digueu, pel mitjà de comunicació més ràpid, on voleu que us trameti el cadàver.

Les estimades despulles, així com els meus serveis i la meva consideració més distingida, són a la vostra disposició.

La Signatura."

Tot just acabada, em semblà que la carta no omplia les necessitats d'aquell moment. No sabia el nom, ni l'adreça i vaig comprendre que la primera providència havia de consistir a registrar el mort.

Ja tenia la seva cartera a les mans i em disposava a examinar els papers, quan una reflexió que tothom trobarà bona m'aturà el gest. Perquè —pensava— la senyora aquella voldria saber detalls i, si tenia l'obstinació que acostumen a tenir les dones d'una determinada edat, no sabria fer-se càrrec de les coses.

Per tant, vaig cremar la meva carta i tots els documents del visitant, sense mirar-los. Em va semblar millor continuar ignorant qui era, perquè no m'unia cap lligam d'afecte, amistat ni coneixença amb ell i creia que allò, aquell accident, li hauria pogut ocórrer a qualsevol altra banda. Jo ho hauria llegit al diari, sense que la meva pau interior es pertorbés; el fet que la casualitat hagués triat casa meva per a enllestir aquella persona no m'obligava a sentir-m'hi especialment interessat, ja que no deixava d'ésser un desconegut.

Aquesta composició d'idees va servir per a deixar-me la consciència neta i el cap despert, sense les traves dels retrets de l'ànima, a bon punt per resoldre el que calia fer.

Quedava clar que, en primer lloc, calia treure de casa aquell cadàver intrús. El senyor, que a primera vista em va semblar poc corpulent, se m'apareixia aleshores com una nosa enorme. Vaig decidir treure'l al carrer i deixar-lo a qualsevol cantonada, però era precís embolicar-lo. Embolicar-lo amb què? De moment, se'm va ocórrer utilitzar qualsevol cortina de les que feien acollidor el meu domicili, però era un sacrifici excessiu.

Llavors, recollint uns quants periòdics vells, vaig intentar l'embalatge més voluminós que mai hagi passat per les meves mans. Només les persones que coneguin una experiència semblant podran convenir amb mi com és de dolent el paper dels diaris; a mitja feina, em va entrar una gran desesma. Es tractava d'una empresa que em prendria hores llargues i senceres i, a més, m'ha molestat sempre sortir al carrer amb paquets grossos. No. Calia pensar-ho bé, i pensant, pensant, m'il·luminà la idea de la solució correcta.

Vaig col·locar el senyor de Colòmbia a l'armari de la roba, penjant-lo pel coll de l'americana, i després, cridant la dona de la neteja, li vaig dir que me n'anava de la ciutat per una bona temporada, que tancava el pis amb pany i clau i que ningú no hi havia d'entrar per cap motiu.

De fet, ja feia dies que tenia la intenció de prendre'm unes vacances, i aquella oportunitat, encara que honestament no pogués ésser considerada bona, venia bé.

Foren unes vacances magnífiques, en un centre de repòs prop d'un gran llac. Per cert que (volia dir-ho en la primera ocasió que tingués) em fou possible de comprovar un fet que ja sospitava de feia temps: per a la pesca en aigües quietes, són molt millors els esquers artificials que els naturals i que, d'entre els primers, els que fabrica la casa "Locke", de Londres, donen un resultat molt superior a tots els altres que he provat. En el concurs de pesca que va celebrar-se en aquell llac vaig guanyar el primer premi entre divuit concursants, utilitzant únicament materials de l'esmentada marca.

Els dies em van passar amb rapidesa, i he de dir que això no es degué pas només a la bellesa de l'indret, ja que jo empenyia el temps amb petites aventures. Per exemple, a causa d'una ballarina polonesa, vaig concertar un duel amb un marquès; però aquesta incidència,lluny de causar danys a ningú, em valgué l'amistat del marquès —amb el qual encara ens escrivim regularment—, i si no fos una altra la història que ens ocupa, m'agradaria d'explicar tota una cadena d'afortunades circumstàncies.

I quan se m'acabaren els pretextos per a allargar més el meu descans, vaig retornar a la ciutat. És generalment coneguda la joia de reveure l'asfalt i els tramvies, de tornar a sentir els sorolls urbans després d'una absència; jo experimentava l'eufòria del retrobament de coses belles i estimades, i ni el record del senyor de Colòmbia no podia enterbolir aquell moment...

Vaig obrir serenament la porta del pis i, sense ni tan sols treure'm el barret, em vaig dirigir cap a l'armari de la roba. I és ara quan he de retre de gust un homenatge a l'exquisida correcció d'aquell americà del sud, que portava la seva polidesa cel enllà... Encara tenia el gest de correcte encongiment per trobar-se en una casa estranya, i havia tingut l'atenció pòstuma de mantenir-se en un estat de conservació perfecte. Les pomes que jo guardava per fer olorosa la roba blanca, l'havien perfumat lleugerament i era un cadàver que es podia tocar amb les mans sense la més petita repugnància.

La pell se li havia ressecat i tot ell semblava de cartó. En despenjar-lo, vaig comprovar que no pesava gens i que la seva rigidesa era absoluta. Em va fer pensar —i sé que això no ofendrà la seva memòria, perquè el pensament venia acompanyat d'un cert afecte— en alguns dels ornaments de les falles valencianes.

Amb una sola mà el podia portar d'una banda a l'altra, i el vaig deixar al menjador, a terra, damunt d'una gran pell decorativa.

Mirant-me'l, se'm va acudir la solució definitiva del problema. Vaig treure-li la roba que portava i li vaig posar una mena de faldilles, fetes d'una tela índia de colors. Després, el vaig penjar en un clau del rebedor. En aquell lloc, i vestit d'aquella manera, el senyor de Colòmbia semblava una curiositat americana. I, de fet, tots els que l'han vist fins ara en el seu nou estat se'l prenen en aquest sentit.

QUIETA NIT

Tot just acabàvem de sopar (i sentíem encara el pessigolleig del xampany en el nas), quan van trucar a la porta.

L'Agustina, des de la cuina, tombà una cadira en alçar-se. Qui sap quina atenció ens va correspondre a tots, que acordàrem un silenci i ens miràrem els uns als altres, seguint amb l'oïda la fressa lenta de la minyona. El passador va fer el xerric de sempre i, en canvi, l'Agustina deixà sentir una exclamació tan desacostumada, que l'Ernest intentà acudir-hi ràpidament. Però no tingué temps, perquè la figura rodona i vermella d'un Pare Noel obstruí la porta del menjador. Duia un sac de tela blanca a l'esquena, i les filagarses de la barba el van fer esternudar dues o tres vegades.

— Fa fred, al carrer —va dir, per justificar-se. I, de seguida, mentre picava de mans (potser per desentumir-se o per encomanar animació), preguntà—: ¿On són els nens?

L'Ernest el va agafar per la mànega i el contacte de la franel·la li donà una esgarrifança.

— Són a dalt, dormint. Però si no parla més baix, els despertarà —digué.

— El despertar nens forma part de la meva feina.

La Isabel va enutjar-se, i (vet ací una virtut seva) ens va tornar l'aplom a tots amb unes paraules plenes de sentit:

— Li han donat una mala adreça. En aquesta casa fem Reis.

Estirà el braç dret, assenyalant el pessebre que ocupava tot l'angle de l'habitació, i va mantenir una actitud estatuària, esperant que la visita comprengués el mal gust d'una més llarga permanència.

El vell deixà el sac a terra calmosament, va abaixar el braç de la Isabel amb un gest despreocupat i contemplà el pessebre durant una bona estona.

— És infantil —digué al final, pejorativament.

Va estar a punt d'escapar-se-li el riure, però es dominà, en un visible esforç per no ofendre. I això no obstant, a despit de l'aire superior que irradiava d'una manera tota natural, observàrem que se sentia molest.

Ens havíem alçat tots nosaltres, i a cada un dels silencis que es produïen es feia més evident que la situació podria esdevenir tensa d'un moment a l'altre. La mare, deliberadament impregnada d'esperit nadalenc, volia enllestir l'escena sense ferir els sentiments de ningú, i a intervals gairebé regulars es dirigia al Pare Noel i li deia:

— Si abans d'anar-se'n volgués prendre una copeta...

Però ell es veia particularment entossudit a demostrar que no s'equivocava mai i que si havia entrat a casa era perquè l'assistia alguna raó important. No era qüestió de nens ni de joguines, digué, sinó d'evitar que la institució que representava pogués incórrer en desprestigi.

— Podeu suposar que no vaig casa per casa, a cegues, preguntant si necessiten cavalls o nines de cartó.

— Qui sap! —contestà la Isabel—. Els protestants es valen de recursos més absurds, encara, per a obtenir la difusió de llurs idees.

Semblava que aquestes paraules, pel to en què foren dites, havien d'irritar el Pare Noel. Però amb tota calma, gairebé amb un somriure de bonhomia, respongué:

— Això no té res a veure, senyoreta. Seria pueril! Cada any porto regals als nebots d'un bisbe que tothom diu que arribarà a cardenal.

L'Enric, que fins llavors havia callat, intervingué per dir:

— Ens estem allunyant del tema. Ací som liberals i ja va bé que cada u pensi com vulgui. Però en aquest cas se'ns ofereix un servei que no creiem haver sol·licitat.

— Potser no; però jo no puc admetre que m'arribés a succeir el que passa als bombers, que quan algú, per error o estulta diversió, els dóna l'alarma d'un foc que no existeix, tothom afirma no saber-ne res.

Una vegada més la Isabel trobà paraules definitives:

— Sigui com sigui, actua a la descoberta. En aquesta casa no fem arbre. Té algun sentit la seva presència, sense l'arbre?

El Pare Noel va desconcertar-se i àdhuc empal·lidí visiblement. Es recolzà a la taula, mentre passejava una mirada perduda per tot el menjador.

En aquell moment van baixar el nen i la nena, amb els ulls esbatanats. La nena, assenyalant el vell, preguntà:

— Qui és aquest municipal tan estrany?

— És el Santa Claus, bleda. Te'l vaig ensenyar fa poc en un anunci de "The Saturday Evening Post" —va respondre el nen.

La Isabel, a qui la presència dels petits havia fet créixer l'enuig, es dirigí severament a l'Ernest, en to de reny:

— Veus? Per això em sap greu que portis aquesta mena de revistes.

I, aprofitant la frase començada, mirà de reüll el Pare Noel i afegí:

— Fullejant-les, els nens s'acostumen a idees i noms que ens són absolutament forasters.

El nostre visitant va incorporar-se. Semblava com si, d'una manera sobtada, li hagués vingut la inspiració d'una rèplica. S'ajupí i preguntà al nen:

— Tu no has demanat una escopeta?

— Sí.

— Ja ho veuen. Això vol dir que no m'he presentat sense més ni més. Porto l'escopeta demanada.

Però el nen, a qui havien inculcat, com a tots els membres de la família, un fort sentiment d'equip, no es va deixar seduir.

— Quina mena d'escopeta porta?

— És d'aire comprimit, automàtica, amb balins de plom.

— Ah, no! Així no. Com aquesta que diu, en tinc dues d'arraconades, que guardo només per a quan ens vénen a veure criatures més petites. Jo vaig demanar una *Sanger* calibre *22*, amb mira telescòpica. En té alguna d'aquestes?

— No.

El nen es va arronsar d'espatlles com si ni tan sols valgués la pena de parlar-ne. Un somriure de polemistes satisfets es va fer inevitable en cada un de nosaltres. El Pare Noel, tan ponderat en les estampes, va donar un cop de puny damunt la taula:

— Vaja, prou! Estic acostumat que em rebin bé. A veure si hauré de demanar per favor que m'acceptin uns quants obsequis!

— Ací no hem demanat res...

— Si fos cert, això constituiria una raó de més per a estimar una generositat tan espontània.

La mare va trobar, de sobte, que la qüestió presentava un caire nou.

"De totes maneres, si el senyor s'entesta a deixar alguna cosa i no hem de signar cap paper..." Però la Isabel li va tallar la frase:

— Mamà! No podem prescindir dels sentiments, per uns quants regals.

El nostre visitant, les galtes del qual anaven perdent la vermellor de bonhomia per a adquirir un indescriptible matís d'irritació, va dedicar a la Isabel unes paraules que podien semblar impertinents. I fou aleshores que l'Eudald, el jove esportiu de la família, el dels impulsos arrauxats i sense mesura, intervingué per primera vegada. Va agafar el Pare Noel per la roba i li digué, amenaçadorament:

— Si no fos per l'uniforme que porta!...

Aquesta escena ens va fer estremir a tots. Perquè un pot tenir les creences que vulgui i arribar a cloure's dins dels cercles més hermètics, però l'espectacle de la democràcia no ha desfilat d'una manera vana davant dels nostres ulls, i ens ha quedat un respecte íntim pels símbols i les representacions d'allò que creuen els altres. La situació, doncs, ens omplí de pena. La mare es va tapar la cara amb un tovalló, somicant, i es queixà que, entre tots, li donàvem una nit de Nadal horrible.

— Senyora: pensi que jo també pateixo— digué el Pare Noel.

I llavors, com si aquestes paraules seves condensessin una suposada crueltat nostra, adoptà un to patètic i ens dirigí un sermó.

Va parlar-nos de la significació resplendent del Nadal,

dient que no es deixava portar per la vanitat si afirmava que ell constituïa una de les al·legories més simpàtiques de la diada. "Gairebé a tot el món, milions de nens esperen la visita del vellet revestit de santedat, i fins la gent d'una més primària educació em rep a mans besades." (Això darrer, naturalment, ho digué amb una marcada reticència.)

— Suposem —prosseguí— que jo m'hagi presentat per error, o bé, fins i tot, guiat per un afany de proselitisme. I què? La meva és una causa noble. Almenys se'm podia oferir seient. Si vostès mateixos, quan l'ocasió arriba, procuren deixar un plat amb aigua i rosegons de pa per als camells dels Reis, ¿no sóc mereixedor d'una més gran gentilesa?

Va ésser aclaparador. La mare agità una campaneta i ordenà a l'Agustina que servís moscatell i neules. L'Eudald, amb els ulls humits, va allargar una mà ampla, penedida, i digué, balbucejant, que d'ell, a les bones, se'n podia treure el que es volgués.

S'inicià llavors un breu intermedi de calma. Ens miràvem els uns als altres amb un somriure encantat, i una gran capacitat de perdó ens anava donant somnolència espiritual. L'Ernest, amb un aire perdut i a baixa veu, començà a cantar *Quieta nit* i tots vàrem perdre el desfici d'anar seguint el pas del temps.

Qui sap l'estona que hauria durat aquesta pau, si no l'hagués interrompuda el nen:

— Com quedem, doncs? Que fem el salt als Reis?

Heus ací, novament, el problema i la seva indefugible nuditat.

La Isabel va alçar-se d'una revolada i anava a dir alguna cosa amb un clar posat de violència, però el nostre visitant l'aturà amb un gest de les mans. De cop va captenir-se de la manera més elevada que li és generalment atribuïda i va dir:

— Ja me'n vaig. No cal que reprenguem el joc de les paraules dures. Seria inútil negar que la maduresa adquirida pels Drets de l'Home ha ocasionat un esmussament de la fantasia; ja no es poden fer miracles sense el permís explícit de l'interessat. La gent està tan feta malbé pels progressos de la ciència, que no admet més d'un prodigi metafísic per any...

Ignoro en virtut de quina simpatia va captar el curs del meu pensament. El cas és que les seves darreres paraules foren per a mi; va donar-me un cop amical a l'esquena, mentre em deia:

— I vostè no s'hi amoïni. Cregui'm.

La mare, en un afuament de la seva hospitalitat, ordenà:

— Agustina: ajudi el senyor a carregar-se el sac.

El Pare Noel, així, va anar-se'n tal com havia vingut, omplint amb la seva silueta tot el marc de la porta.

Tot just començava a perdre's el seu trepig damunt la grava del jardí, que el nen es va posar a plorar a crits, dient que volia l'escopeta. La Isabel li va pegar, i repren-guérem després la placidesa nadalenca.

1949

III. L'ESCENARI DESCONCERTANT

COSES APARENTMENT INTRANSCENDENTS

Durant molt de temps vaig viure en una dispesa de prop del port. La família que la regentava va arribar a tenir-me molta estimació, i quan els vaig dir que me n'havia d'anar a Bratislava per raons de policia la senyora de la casa em digué:

— Deixeu-nos un retrat vostre. El posarem damunt el piano i així us podrem enyorar més de gust.

Jo li vaig dir que no en tenia cap, que mai no havia estat partidari de fer-me retratar, però la dama insistí:

— Feu-vos-en fer un. Encara que no tingui cap importància. Una cosa senzilleta, sabeu? Només per conservar la fesomia.

Realment era tan simple complaure-la i jo li devia tantes coses que no es poden contar, que aquella tarda em trobava fent antesala a casa d'un fotògraf de barriada.

Quan em tocà el torn, vaig explicar que volia un retrat petit, de poc preu, i que com més aviat enllestíssim millor. Vaig procurar fer entendre que la mirada de la màquina em produïa desconcert i que si fos possible fer retrats amb anestèsia jo en seria adepte.

— Procurarem que us sigui lleu —digué el fotògraf—. Usarem magnesi i no us sentireu de res.

Em va posar bé, mogué la mà i em digué que mirés l'objectiu, que sortiria un ocell. Això, naturalment, sempre desperta interès, i, mentre mirava amb els ulls ben oberts per no perdre detall, l'home va prémer un botó i una pera de goma que hi havia al costat de la màquina.

Aleshores, les coses prengueren un aire de grandesa

que esfereïa. A la meva dreta, la flamarada del magnesi va semblar que portés un tros de cel d'estiu a la cambra; jo vaig fer un salt de persona ben nodrida, per protegir-me darrera la màquina, i des d'allí vaig veure com la flama havia encès una cortina de vellut negre. El foc s'encomanà als mobles i al cap de cinc minuts cremava tota la casa, de la qual escapàrem l'artista i jo per miracle.

Aquell vespre mateix la gent tenia notícies que havia cremat un bloc de cases i que moriren més de tres-centes persones, totes de bona família.

1942

LA MALETA MARINERA

La sorra de la platja era ben roent. Per plaure a Julieta, em col·locava al mig de la zona calenta i aguantava la cremor amb un somrís als llavis.

Julieta estimava que els seus galantejadors cultivessin el perill.

En el transcurs del meu enamorament, més d'una vegada havia estat a punt de trencar-me l'ànima saltant una cadira de passeig, o acaronant el cap d'un gos vagabund, o discutint amb els empleats dels serveis públics coses que afectaven llur dignitat professional.

La platja es presentava singularment propícia a l'abandonament i a la insolació. Tot ajudant Julieta a cenyir-se les carabasses al voltant del seu cos meravellós, vaig convidar-la a ficar-nos a l'aigua fent bracet.

Mentre em remullava el cap agafant grapats de mar amb el palmell de la mà, vaig descobrir que Julieta s'ensopia. Indubtablement, calia fer quelcom, i, tractant d'extreure de l'element que ens voltava totes les possibilitats, vaig decidir fer un capbussó ben profund i ben prolongat i, per tant, ben perillós.

La meva enamorada m'agraí la idea amb un cop d'ulls. Abans de submergir-me, em va fer amb la mà un gest d'adhesió que encoratjava l'exercici de qualsevol temeritat.

Colgat d'aigua, la vida submarina s'oferia al meu esguard amb tota la seva riquesa i varietat: conquilles de marisc, peixos de vora costa, meduses, fragments de mosaic i terrissa de països exòtics, cames de banyistes perdudes de contorns i desmaiades com una imatge de la mort.

Una cosa molt estranya en aquell medi va sorprendre'm profundament: a la meva esquerra, entre unes plantes de mar i unes petxines, vaig descobrir una maleta. Però no pas una maleta malmesa per la sal i les tempestes marines, sinó que presentava un perfil net i una superfície llisa, com si fos feta per estar-se en aquell lloc, precisament.

La troballa va abreujar el meu esforç d'enamorat. Vaig agafar la maleta per la nansa i vaig remuntar-me per sortir a flor d'aigua, sacsejant tot el cos a grans batzegades.

Julieta saludà joiosament la descoberta. En contacte amb l'aire, la pell de la maleta repel·lí l'aigua i s'assecà instantàniament. Aquella singularitat va agradar molt a tothom; havíem tret la maleta cap a la platja, i un grup de gent ens voltava, comentant les propietats de l'objecte. Un guardià de banys, amb aire d'emetre un judici molt precís, digué:

— Ja sé què és això. És una maleta marinera. Heu estat de sort, jove, perquè ja no se'n troben gaires.

Però no volgué donar-nos més detalls. Una noia prima em preguntà si la maleta contenia quelcom; en realitat pesava força i no pas perquè estigués plena d'aigua, puix que, a dins, un objecte balder sorollava repicant les parets. Una mà va allargar-me una eina especial, una mica suspecta, i obrírem la maleta.

Estava folrada de seda blanca i contenia un petit elefant de metall bo, damunt del qual una figura femenina aguantava un corn marí; en un racó, la noia prima va descobrir-hi una targeta amb la següent inscripció: "Azaya Lendhi. A Barcelona, carrer de les Claus, 24".

L'endemà cercava el número 24 del carrer de les Claus, molt emmurriat. Havíem tingut una escena desagradable amb Julieta, perquè ella, pretextant que el seu instint li advertia que Azaya Lendhi era el nom d'una dona aventurera, volia que li fes retornar l'elefant per mitjà d'un ordinari. No obstant, àdhuc sense entendre-hi gaire, vaig adonar-me de seguida que l'elefant i la figureta del corn marí tenien un gran valor i no podien confiar-se a qualsevol desconegut.

L'adreça indicada corresponia a una vella casa d'aquestes que semblen construïdes de cara al turisme primari i poc entès. Damunt la porta del cap de l'escala, hi havia una targeta com la que havíem trobat a la maleta. Va obrir-me un noi vestit amb una absurda granota de seda groga, i en féu passar a un saló recarregat de draperies i ple de perfums, que semblava la tenda d'un fals milionari oriental.

S'obrí un joc de cortines, en una mutació una mica complicada, i es presentà davant meu una d'aquestes dones que, de tan boniques, us maten les il·lusions. Tota ella anava vestida amb una roba densa, pesada, que li fixava les actituds en volums estatuaris d'una gran dignitat. Duia enfilalls de perles pertot arreu, obtenint efectes d'un mal gust superior als meus coneixements.

Vaig allargar-li el paquet, murmurant tot de declaracions d'amor a primera vista, i vaig quedar-me contemplant la seva joia i escoltant les seves oracions de gràcies, obrint la boca de pura admiració.

Deixà l'elefant damunt d'una tauleta baixa i va mirar-me; no era pas una mirada de cortesia o de regraciament: era una d'aquestes mirades que hom s'imagina en èpoques d'eufòria i que només de pensar-hi engresquen la marxa del cor. M'agafà una mà i va dir-me:

— Ets tu, potser, l'objecte de la promesa?

Anava a respondre-li que era gairebé segur que no, car jo no sabia res d'aquella promesa, però no va pas interessar-se per la meva opinió. M'empenyé fins a prop de l'elefant i va fer que amb el meu índex toqués suaument el cap de la figura. Aleshores s'esdevingué un fenomen sense importància: del corn marí que aguantava la figura, va sortir-ne una petita bengala lluminosa, de colors vius que tenyien de llum irisada totes les coses que tocaven.

Va semblar que allò era el senyal que donava sentit a la vida d'ella; m'abraçà posant-hi tota l'atenció i em féu uns petons absorbents, als quals jo m'abandonava amb els ulls closos. En ple èxtasi, el record de Julieta em donà consciència d'una mena de dignitat que exigia el cultiu de l'heroisme. Vaig apartar aquella dona, tot dient-li:

— Senyora, deixeu-me anar. ¡Estic compromès i em reteniu il·legalment!

Em contestà que tot l'assumpte de la maleta, l'elefant i la bengala de colors era un sortilegi oriental molt obligador i que no hi havia res a fer.

— Però, senyora —vaig insistir—, Julieta no es creurà res de tot això del sortilegi oriental.

En esmentar el nom de Julieta, la cara d'ella es trasmudava. Va preguntar-me si jo creia que Julieta es mereixia gaire les meves atencions, i, en respondre-li que sí, em féu passar a una petita cambra, l'únic mobiliari de la qual era una taula que sostenia una gran bola de vidre fosforescent. Sense dir res, començà a passar i a repassar les mans damunt la taula i finalment m'anuncià:

— Vet ací la teva Julieta.

A dintre la bola es perfilà la imatge d'una caseta de banys, a l'interior de la qual Julieta dedicava a un home de raça negra sol·licituds que sempre m'havia negat a mi.

Allò va decidir la meva vida. Vaig trencar definitivament amb Julieta i des d'aleshores visc amb la dama de les perles, la qual, ultra estimar-me molt, em distreu amb el joc d'unes prestidigitacions orientals que farien la felicitat de qualsevol.

1938

LES MANS DEL TAUMATURG

Aquell vespre, una extrema lassitud m'obligava a moure'm pel menjador d'una manera vaga i decaiguda. L'ensonyament, en esmorteir-me totes les facultats físiques i intel·lectuals, no abastava a atenuar una inquietant necessitat d'aire dels meus pulmons; les parets de l'habitació m'oprimien rarament, i obria la boca fins allí on m'era possible, cercant una glopada d'oxigen que, en ésser capturada, es convertia en una horrible degustació d'aire calent.

El gat, que, en un oblidament de totes les conveniències, s'havia enfilat a la taula i escurava les restes del sopar, alçava el cap de tant en tant i em dirigia una mirada d'intel·ligència, de comprensió "del fenomen", dilatant amplament les aletes nasals i obrint la boca, a la recerca de l'element que, sense cap mena de dubte, havia desertat.

Incapaç d'aguantar pacientment una situació com aquella, vaig sacsejar la mandra i m'abocava a la finestra, mig cos enfora, clamant al cel el subministrament del material necessari per a fer marxar la meva vida. L'aroma d'una pomera urbana que sis pisos més avall clavava les arrels en un tros de terra gran com un mocador d'herbes va fer que dintre meu crepités algun òrgan, no sé quin fixament, però que va distreure tota una zona de la meva anatomia.

El quadrat que dibuixaven els darreres d'un grup de cases de l'eixampla s'oscava precisament davant dels meus ulls i deixava al descobert un tros de via ampla, d'asfalt, terriblement afectada de diorama. En aquell moment, un autoòmnibus que, amb imperial i tot, omplia dins la meva pupil·la un puntet no superior al que podria marcar-hi una agulla d'estendre roba, s'hi escorria lentament deixant endevinar d'una manera clara que no era possible que anés enlloc.

El cel, espès i fosc, se m'apareixia molt pròxim, degut potser a la seva densitat. No hi havia dubte que, estirant el braç i estenent la mà, "allò" que es pressentia gelatinós i càlid, ja era el cel; cloent els dits de sobte, podia arrencar-ne puríssimes i alades filagarses.

Enfront meu, un únic estel en tota la volta feia amb la seva llum intermitent una telegrafia de punts i ratlles que, des d'un espai situat a l'indret de la pomera, un grill contestava amb un cant estrident i trencat. Jo no podia pas penetrar aquesta conxorxa descarada.

En aquella hora tenebrosa, les cases semblaven més que mai armaris de guardar-hi gent. Escampats sense ordre, clavats en la fosca, l'arabesc dels menjadors il·luminats i dels foscos prenia una gran importància. A l'esquerra, lluny, pàl·lidament il·luminada amb un llum de sobretaula, una polida senyoreta tocava al piano una de les simfonies més immortals. Les notes arribaven a les orelles cansades, fredes, i s'hi deixaven caure rendides, impossibilitades de prolongar l'esforç. Més avall, en una habitació de principal, vetllada pel fullam d'una gran palmera domèstica que pujava del pati d'un garatge, un xicot treia d'una gàbia un canari i li tallava el coll incomprensiblement, amb una fulla d'afaitar.

Els llums de la via asfaltada retallaven a terra grans discos de llum que semblaven els peons d'un joc de saló monumental, jugats per què sé jo quins poderosos adversaris; del que estava segur era que, al final, el guanyador ens podria triar a nosaltres com a premi, a mi, el xicot i el canari, la senyoreta del piano, totes les ombres d'humanitat que es movien dels pisos com unes marionetes incorpòries. Per què tenia aquesta seguretat? Aneu a saber... A vegades la placidesa dóna una gran clarividència.

I és que, a despit de la meva inquietud respiratòria, una gran placidesa senyorejava en el tros de món que em voltava. En un pati interior, ornamentat amb garlandes de paper multicolor i fanalets de revetlla, una família coronava un gran sopar amb la deglució d'una síndria. El cap de casa, amb un ganivet més llarg de fulla dels que es poden usar sense llicència, repartia tallades amb l'aire de distribuir prebendes i privilegis. Darrera seu, oblidada de tothom, una menuda gemegava el seu adéu a la vida, ofegada pel suc fora de mare, desbordat, de la seva gran tallada.

Al pati del costat, uns senyors arreglats escoltaven la ràdio. L'aparell, col·locat damunt d'un galliner, donava a l'ambient un aire de progrés que no li feia cap falta. Al costat de l'aparell, una minyona gallega festejava amb un xicot d'un entresol veí, conciliant el murmuri de l'idil·li amb les notes estridents i barroeres de la ràdio. Ell duia un pijama extremament frívol i anava clenxinat com per assistir al ball; tenia l'aire de saber extreure de l'ambient que el voltava tot el pintoresc. Ella especulava visiblement amb la generositat carnal dels seus flancs, brandant-los amb un joc d'estratègia que àdhuc a mi, a través de l'atmosfera calenta, em feia arribar el seu missatge sensual.

De sobte, va encendre's un llum en una galeria, dos pisos més amunt del del jove de la clenxa. La galeria irradiava un poder d'atracció irresistible. Aquella llum, a despit de procedir d'una bombeta elèctrica, tenia la immaterialitat de la llum dels meus somnis. La llum de les nits, en el cel dels cristians, devia ésser com aquella.

Era una il·luminació "tàctil", tal com la percebríem nosaltres si tinguéssim la facultat de fer-ho sense òrgans auxiliars —els ulls—, com sentim l'aire damunt la pell, com una carícia. A mi, no era pas en la retina on aquella llum m'impressionava, sinó, concretament, damunt de l'epigastri.

A més, jo sóc miop. A través dels vidres òptics, els objectes em rendeixen la seva imatge d'una manera desmaiada, perduda de contorns. La visió del món és tan dolça per als miops, que tots som tímids, taral·lirots, propensos a diluir l'humor en la tendresa del paisatge, com una inconcreció més del nostre defecte visual.

Doncs bé. Aquella galeria i els objectes que la componien s'oferien al meu esguard amb una nitidesa desconeguda. Els olors i les ratlles jugaven cada un el seu paper distintament, i la seva visió se m'acostava passant per sobre del pati dels fanalets, dels flancs de la gallega, de l'estampa de la senyoreta i el piano. Tenia tot allò tan a prop com els plats i el cobert a l'hora del dinar.

En un racó hi havia un sofà de tapisseria transcendental, on es dibuixaven una colla de genets perses, amuntegats, víctimes d'una composició prolixa i desordenada. Damunt del sofà, uns guants de punt amb manyopla tenien tota l'essència de la feminitat, absolutament "tota". Vaig enamorar-me'n de seguida. A terra, hi descobria un cabdell de llana blava, entortolligat als peus d'una cadira; aquesta cadira respirava una gran bondat. Res no hi deixava traslluir el moble fred i rutinari que compleix la seva missió amb la mateixa indiferència amb què el glaç gela les begudes. No. Devia rebre els éssers amb la tendresa amb què una mare convida un fill a la seva falda. No podria dir per què, però d'això n'estava segur.

Al centre de la galeria, una tauleta rodona pagava la seva contribució al concert general, anivellant els volums. Estava coberta amb un joc de puntes de les bones, de puntaire de la costa; aquesta ascendència marinera, la segellava un corn marí que marcava les seves espirals en la tofa tendra de les puntes. Al seu costat, un gerro de vidre irisat, fosforescent en aquell medi, sostenia un ram de flors de cera, terriblement naturals i molt més suggestives que les flors autèntiques.

Aquests elements estaven desplaçats cap a una meitat de la taula; l'altra meitat deixava un espai on tota l'atenció es concentrava en un singular bibelot. Es tractava d'una placa o plataforma de marbre negre, lluent, damunt de la qual dues mans de carn, masculines, escampaven la seducció i l'encant del seu gest elegantíssim. He dit de carn, i és que, a despit de la distància i de l'hora, aquest extrem se m'aparegué com a absolutament indubtable. No donaven pas la impressió, però, de tractar-se de membres mutilats; en el lloc on haurien hagut d'ajuntar-se amb l'avantbraç una superfície de carn neta i viva substituïa el monyó sangonós de nervis i de tendons que algú s'hauria imaginat.

Aquestes mans irradiaven "quelcom" en una zona dilatada al seu voltant; quelcom invisible, impalpable, però que es pressentia puixant i poderós. Les puntes fines, en la seva proximitat, s'havien tenyit de la grogor de l'antiguitat més decrèpita. Una flor de cera despresa del seu tany i dipositada —no sé per quina força d'atracció desconeguda— prop de la plataforma s'havia emmusteït d'una manera increïble.

Mentre contemplava aquest conjunt, un borinot procedent de la palmera va entrar per la finestra. Va aturar-se uns moments en ple vol, en una immobilitat d'autogir ben construït, i després en vol directe, com un cop de pedra, va col·locar-se damunt d'una de les mans. Immediatament, l'altra mà va iniciar un clar moviment de caça; es movia sinuosament com l'espinada d'un felí a l'aguait. Després, brutalment, va engrapar el borinot i emprenia un actiu moviment de dits, amb la mà tancada i l'insecte a dins, com es fa per arrugar una quartilla i convertir-la en una bola de paper. Passats uns moments, la mà va obrir-se i el borinot rodolà per sobre de les puntes, convertit en una piloteta sense vida.

El llum de la galeria va apagar-se; no obstant, la fosforescència del gerro de flors subsistia encara durant uns instants. A baix al pati, la mossa gallega feia salts i allargava les mans cap als pisos superiors, amb una gran coqueteria, pretenent atrapar el borinot que poc abans l'havia esverada amb un vol sorollós arran d'orella. La clenxa planxada i el pijama agraïen la força efectiva d'aquella carn epilèptica.

Jo vaig quedar-me positivament sorprès. Mai no havia contemplat un espectacle com aquell.

Mentalment, calculava la casa i el carrer als quals podia pertànyer aquella galeria. Però això ho feia ja preparant-me per sortir, executant aquest acte sense abans haver-me'n fet el propòsit.

Tot el barri estava lliurat a percaçar la mica de fresca de la vesprada estival. Arraïmats a les portes de les cases, la gent es dedicava a deixar-se anar, de gest i d'indumentària. El porter de casa meva, habitualment correcte i ben cordat, estava aclofat damunt d'una cadira inclinada en el cancell, amb pantalons i samarreta únicament i encara, tan espitregat, que una tofa de pèls negres s'oferia pròdigament a l'esguard dels vianants, suggerint la *pelouse* d'un camp de *tenis hotentot*.

En el bar del xamfrà, un grup prodigiós de jugadors

feia petar les fitxes del dòmino. Un espectador esdentegat, al seu darrera, es feia aire amb un pai-pai monumental, a dins del qual el dibuix d'una ballarina anunciava un aiguardent de Cadis.

A despit de la multitud agrupada pels carrers, un gran silenci dominava per damunt de tot. Fins al punt que el pas espaiat dels tramvies per una línia llunyana omplia tot el barri de sorolls per una llarga estona. Com a fons d'aquests silencis intermitents, portant-ne segurament el ritme, un gos de saló anava lladrant compassadament i monòtona.

Mentre desgranava l'itinerari, cap pensament concret no dirigia els meus passos. ¿Pot parlar-se aquí d'una força oculta, novel·lesca, de les que lliguen la voluntat amb una subtil xarxa de moviments incontrolats? No. De cap manera.

Jo m'havia confiat al carrer, simplement, amb una galvana dolça, terriblement aclaparadora, com a eix de la qual, i potser com a darrer refugi de la voluntat, una gran tafaneria per les puntes marineres, el sofà dels genets perses i les mans informava els meus desigs immediats i l'anhel d'aquell moment de viure. Em sentia estúpidament feliç, d'una felicitat taujana, que em marcava un somriure dolorós, de tan permanent, i em donava l'aire cretí dels vagabunds benaventurats.

Els fanals de gas de les barriades, que sempre m'han engrescat inexplicablement, aquell vespre m'inspiraven tot de llibres de versos. La vaqueria de la meva demarcació, per davant de la qual sempre apressava el pas per evitar l'aiguabarreig de les seves olors, aleshores em semblava, morta la il·luminació com era, un cau de vaques fades, fines i espirituals com el reflex d'un tros de cel en un llac.

Vaig arribar —i el joc de les meves passes va alentir-se inconscientment— a l'indret on havia calculat que hauria de trobar-se la casa que cercava. En aquell tros, situat al mig de l'espai entre dos fanals, el carrer era una mica més fosc. D'antuvi, en una finestra baixa, d'entresol, descobria una dama de pell blavosa que, abocada damunt la barana, havia d'esverar forçosament els vianants. A mi va produir-me un neguit inexpressable.

Duia els cabells molt aplanats, partits en una ratlla

que els repartia en dues llenques tornassolades, que s'escorrien a banda i banda de la cara; els ulls, de marcada ascendència mongòlica, tenien un mirar pesant i els sentia damunt meu com un cop de raspall. Anava vestida amb una mena de túnica negra, de roba mat i lluent a la vegada. Era lletja? Bonica? No ho sé pas. Vaig comprendre de seguida que es tractava d'una dama russa.

Mentre durava aquesta fugaç observació, m'havia aturat davant d'ella i amb el barret a les mans feia un joc complicat de mitges reverències. En aquesta actitud van sorprendre'm unes paraules de la dama:

— Veniu per les mans, no?

— Sí. Efectivament, senyora. Però jo... ¡No em jutgéssiu pas un indiscret!

— No; esteu en el vostre dret. Si volguéssiu entrar a casa meva, em faríeu gran honor...

Vaig accedir, i immediatament la dama va retirar-se del balcó. En el cancell, una llum fantasmal retallava poc després la seva silueta. En tenir-la a prop, mentre caminàvem per un llarg corredor, vaig començar un interrogatori inconscient:

— Vós sou russa, no?

— Sí...

— Tanmateix, les senyores russes en feu un gra massa. Us ho he conegut de seguida... I, ara, a ben segur que m'oferireu te calent, de procedència immediata d'un monumental samovar, oi?

— ¿Doncs de quina altra manera us sembla que hauríem de procedir les russes?

— Sí, és clar. Sigui com sigui, no voldria que interpretéssiu les meves paraules com una intromissió als vostres costums...

Va introduir-me en una saleta d'una gran ambigüitat decorativa, on el jonc i la fusta, en complicats entrellaçaments, aixecaven l'arquitectura d'un mobiliari tan detestable, que feia, simplement, bonic. Al centre de la sala, un gran samovar lluent escampava una escalfor insuportable.

Ella va convidar-me a seure en una butaca gairebé immaterial, de tan prima d'elements que era, i va començar a mirar-me a fons, d'una manera que em sentia cohibits els moviments més insignificants. Tenia el posat hieràtic de les gates menopàusiques, i encertava a preparar el te i els accessoris conservant l'aparença de la immobilitat més absoluta. Amb la tassa a les mans, més ocupat de gest, pressentia el recobrament de la serenitat.

Va advertir-me que el líquid cremava, a despit de la qual cosa vaig abocar-me'n una glopada. Traient fum pel nas, amb la llengua escaldada, començava una precipitada conversa per allunyar el ridícul.

— Donc bé. L'assumpte d'aquestes mans... És ben curiós, no? Heus ací que un hom està aferrat a viure de la manera més material possible, ocupat a treballar i a ingerir aliments, a dormir i a llevar-se, a forjar petites intrigues terrenals, i de sobte surten aquestes mans i destrueixen el ritme. I, això no obstant, l'accident serveix per a constatar que hom posseeix menys reserves de sorpresa per al sobrenatural del que es pensava. ¿Vós, senyora, controleu l'actuació d'aquestes mans?

— L'actuació de les mans no és pas per a ésser controlada per mortals. Són elles les que marquen la "norma", les que controlen el to que ha de tenir la nostra vida...

— Espero que no estareu afectada d'arcaismes llegendaris. En un segle tan enginyós i tan científicament escèptic com el que vivim, seria absurd!

— Però vós us considereu actual, o militant (permeteu l'expressió) d'aquest segle?

— Senyora... (vaig ensenyar-li la cèdula i el carnet sindical) la meva condició d'europeu modern està degudament legalitzada. No depèn pas de mi canviar de segle com canviaria de corbata...

— Teniu la inconsciència agressiva de tots els vostres compatricis.

L'amor propi de la raça se'm va picar:

— Val més que conservem la polidesa, a base de no explicar el que cada u de nosaltres dos pensa de l'altre.

"A més, heu acceptat de fer la meva coneixença a base de les mans. Podeu suposar que he vingut ací mogut per la curiositat. M'estava plàcidament a casa meva i, sense més ni més, el moviment de les mans de la vostra galeria ha vingut a trencar el fil de les meves habituds. Em fa l'efecte que tinc dret a demanar una explicació del fenomen...

— Efectivament. Teniu aquest dret. No he pensat a

escamotejar-vos-el. Si voleu seguir-me fins a la galeria, a la vista de les mans us contaré quelcom que us interessa molt més que no sospiteu...

Vaig seguir-la a través d'una colla de recambrons, la característica dels quals era una mena d'insipidesa lumínica que fatigava extraordinàriament la retina. La galeria, amb la seva llum immaterial, oferia un contrast notable.

Va convidar-me a seure al sofà dels genets perses, mentre ella s'acomodava a la cadira. Les mans estaven quietes, plàcides; tenien la línia tallant i l'actitud paradoxalment immòbil de les gavines embalsamades.

Jo esperava que la dama m'explicaria un preàmbul a la manera russa, on la nostàlgia de l'emigrant i la neurastènia nacional omplirien el fons d'una narració de taumatúrgia. Però ella tenia quelcom de tan resolut en el fons de la mirada líquida, que immediatament de contemplar-la la meva previsió va semblar-me supèrflua.

Parlava tot mantenint la seva rigidesa. La veu li sortia en un doll fi, el dringueig del qual, com onades de picarols minúsculs, m'adormia la sensibilitat.

— El patró dels meus ulls us haurà advertit la procedència mongòlica. Retrocedint endins de la meva vida, els records se m'aturen de sobte, brutalment, com tallats per una incommensurable paret negra, on la imatge de la família i de la terra queda perduda, esborrada, inexistent. Tota la noció de lloc, d'ambient, que he pogut retenir dels meus es redueix a l'interior i l'exterior d'una *roulotte* luxosa, de suspensió fina, antítesi dels carros desgavellats de la bohèmia nòmada. A l'interior hi havia llum, sempre, una llum com la d'aquesta galeria. L'exterior era eternament fosc, com si la ruta del vehicle fos marcada a través d'una nit inacabable. Els únics amics de l'adolescència han estat les siluetes fugisseres dels arbres, dibuixats en més obscur sobre la foscor general, i el renillar d'uns petits cavalls tàrtars, que han posat una música estrident al meu passat.

"No he tingut mai, fixeu-vos-hi bé, altres parents que un oncle taumaturg que no m'abandonava mai. Des dels principis tinc clavada la seva imatge a la memòria, amb més nitidesa i més encisament que la meva pròpia.

"Aquest oncle meu no era ni bo ni dolent. Era, simplement, un taumaturg notable. Tenia un poder extraordinari, el qual podia irradiar damunt dels altres éssers; aquest poder no radicava pas en el cervell ni en la mirada, sinó que procedia concretament de les mans, i consistia en la facultat de poder encomanar la bogeria i la mort. Això, a través d'una Rússia feudal, on cada gran senyor tenia almenys un veí amb qui liquidar afers, suposava per nosaltres una gran prosperitat. Les comandes tenien el meu oncle ocupat totes les hores de la jornada.

"Jo no us podria pas dir quin paper jugava la meva presència en aquestes manifestacions de taumatúrgia. Tinc el pressentiment que servia d'agent d'enllaç entre dues forces antagòniques que em torturaven infinitament, però m'és impossible precisar-ne l'abast i el caràcter.

"En cada actuació, les mans del meu oncle dibuixaven una cal·ligrafia aèria, de senyals cabalístics, amb una activitat que contrastava amb la rigidesa d'expressió i el posat absent del rostre. Les seves mans, enfront de la seva cara, semblaven un vol de coloms davant d'una estàtua de bronze.

"En aquestes cerimònies, jo havia d'ocupar un lloc determinat dins la *roulotte*: un angle ple de frivolitats femenines: bibelots, aplicacions de llaços i randes, estampes de labor conventual. No sabria dir-vos el meu estat en aquells moments. Podria, potser, condensar-lo en un sol concepte: 'consciència de succió'; ni jo mateixa no trauria una major clarividència de la vacuïtat d'aquestes paraules, i no obstant les pressento d'una gran justesa.

"No creguéssiu pas que el període a què em refereixo marqués la meva vida amb gaire puixança. Aleshores jo fluctuava en una semiinconsciència, aquesta és la paraula, que va conduir-me sense batzegades espirituals fins al moment del gran canvi, el trasbalsament definitiu. Nosaltres, en esclatar la revolució...

— Permeteu que us interrompi —vaig haver de saltar—. És que, als russos, no us pot haver passat mai res "al marge" de la revolució? Espero que no acabareu explicant-me que sou una duquessa...

— Per què no? Sí, efectivament, ho sóc. Pel que fa referència a la revolució, us contestaré amb el vostre estil:

no podem canviar de moment històric com canviem, per exemple, de capell.

"El meu oncle va sentir d'una manera física l'ensulsiada de tots els valors que constituïen el seu medi. Una cavalcada d'arrugues va abocar-se damunt la seva cara, com l'empremta marcada, en l'arrossegament de la desaparició, per tota la societat que s'estava liquidant.

"Va intentar una reacció tardana, iniciant un intens bellugueig de mans, intentant sembrar la bogeria i la mort entre els intrusos. Però ja aquests tenien el maneig de les disposicions oficials, tan obligadores, i havien decretat el bandejament de la superstició i la taumatúrgia. En conseqüència, les mans del meu oncle es movien sense força d'obligar, i, ràpidament, la fina cal·ligrafia aèria va convertir-se en el tremolor incontrolat de l'ancianitat.

"Un gran neguit de fugir va emparar-se del meu oncle. Els cavallets tàrtars foren brutalment fuetejats, i mai una *roulotte* nòmada no haurà ratllat les carreteres i els camins, fent bracet amb l'aire de la nit.

"Era una cursa folla, un vertigen de fuga en el qual el centre de gravetat tenia un únic refugi en l'interior del carro.

"Mentre ens anàvem acostant a la frontera, l'oncle envellia, es lliurava a la mort visiblement. En contrast amb la descomposició de moviments de les seves mans il·lustres, el rostre anava perdent el prestigi del seu hieratisme, refugiant-se en els ulls la fermesa del darrer propòsit. De tant en tant em clavava la mirada, perduda ja en l'aquositat de la corrupció, per dir-me: — Ens cal arribar a la frontera. *Ens cal!* ENS CAL!

"No sé, mesurada en temps, quant va durar la cursa. Sé que va costar-nos, exactament, a mi un tros de vida i a l'oncle la resta de la vida.

"Prop de la frontera, l'oncle va baixar de la *roulotte,* més amb l'ajuda de les meves forces que no pas valent-se de les seves. En un darrer esforç, va avançar amb els braços estirats cap a la línia divisòria; però no pogué arribar-hi: la mort va engrapar-lo pel camí, i caigué amb un crepitament d'ossos que va donar a l'aire un alè d'esgarrifança.

"Tanmateix, les mans van quedar a l'altra banda de la

ratlla de punts, que les separava pel monyó de Rússia i de la resta del cos. Jo, que instintivament havia saltat part enllà de la frontera, vaig contemplar astorada el fenomen: mentre tot el cadàver es lliurava a una descomposició brutal, prematura, les mans, en contacte amb la terra forastera, reprenien un inusitat vigor. El color de la vida les tenyia novament, i encara més: van començar un clar moviment dirigint-se a mi, parlant-me endins de l'ànima i exigint-me que les recollís, i van cedir amb una docilitat extrema, desprenent-se del cos netament, sense l'aparença truculenta dels traumatismes, tal com les veieu ara.

"Amb aquest bagatge singular he recorregut tot Europa, canviant constantment de residència i de país, car les mans requereixen, per a l'exercici de les seves facultats, un clima i un ambient propicis.

"La vostra terra ens ha brindat, a les mans i a mi, una hospitalitat absolutament adequada. Les mans han recobrat la facultat d'encomanar la mort i la bogeria. Car us interessa saber que, quan algú veu moure's les mans, això constitueix el missatge de la mort o de la follia. Jo mateixa, que no les havia vistes bellugar-se més després de la mort de l'oncle, he rebut fa dos dies el seu missatge. No sé pas quina de les dues formes revestirà el contingut de l'avís. Vós mateix, pel que es refereix a la vostra persona, tampoc no podeu saber-ho. Mútuament només podem fer-nos el present d'una evidència: que estem agermanats per una fatalitat comuna..."

La meva interlocutora va callar i es va sumir en una abstracció freda. Jo, que diverses vegades havia hagut de dominar la impaciència de les interrupcions, vaig aprofitar el silenci per a intervenir:

— A vós i a mi, senyora, només ens agermana aquesta assistència mútua a què estem obligats tots els humans. A nom seu, podreu mobilitzar sempre la meva sol·licitud, però mai posar en joc els recursos de la vostra neurastènia atrabiliària. El fet que les mans s'hagin bellugat a presència meva a mi no m'obliga a res, ni em dono per assabentat de cap missatge. Per altra banda, em fa l'efecte que, a despit de tot, heu equivocat l'elecció del clima.

"A vós, en qui el missatge de les mans exerceix una ascendència efectiva, no dubto que tot plegat us deu interessar molt, com tampoc no dubto gens de quin és per vós el veritable significat de l'avís. Viureu anys, senyora. Per aquesta banda podeu estar tranquil·la. Teniu telèfon?"

La infeliç va indicar-me desmaiadament l'angle on hi havia instal·lat l'aparell. Constatava un sobtat lliurament al meu arbitri de tots els ressorts de la voluntat de la dama. A mi, en aquells moments, m'assistia una gran serenitat. Sense titubeigs, m'havia fet el propòsit d'assumir la responsabilitat de tot l'afer.

Vaig telefonar sol·licitant la tramesa d'una ambulància, indicant amb precisió l'estat de la meva hostessa. L'espera, l'omplírem amb l'exercici d'una polidesa social molt entonada, en la qual la senyora russa demostrava una finísima habilitat.

Quan va arribar el cotxe ella es deixà conduir dòcilment. En la meva conversa amb el doctor de l'expedició, que m'exigia certs aclariments formularis, vaig reeixir a ésser infinitament discret. En marxar, la dama russa va fer-me amb la mà una cordial salutació.

Jo tenia, malgrat tot, la consciència clara que restava quelcom a fer. En endinsar-me novament en aquella casa forastera, no ho feia pas amb desmaiament de propòsits, sinó amb la concreta idea de portar-me'n les mans. Les vaig embolicar amb papers de diari, abandonant el pedestal, i vaig sortir al carrer amb aquell paquet singular. No sabia pas, sincerament, quina destinació donar al meu botí. Caminava d'esma, sense aprofundir massa en les meves meditacions, quan la presència d'un xarcuter alemany conegut meu va inspirar-me una resolució. L'home allargava la seva estada assegut a la porta de la botiga, recollint l'aire d'una nit ciutadana rarament enflairada. Vaig abordar-lo:

— Vós teniu una màquina elèctrica de trinxar carn, no?

— Sí, efectivament...

— Doncs us voldria demanar un favor...

Ens ficàrem tots dos a l'interior de la botiga. Allí embolcallats en la mitja claror d'una bombeta poc potent, vaig explicar-li que em calia triturar unes mans. D'antuvi, l'home es va esverar. La cara roja va destenyir-se-li en un moment, mentre em suplicava que no el compliqués en un tal afer. Després d'haver-li explicat exactament de què es tractava, el xarcuter va cedir, però amb una mala gana visible.

La màquina era magnífica, d'una gran marca americana. Al cim, un embut receptor proclamava la seva qualitat amb una cromació lluentíssima. En engegar-la, tota la casa va omplir-se de sorolls.

Vaig desembolicar les mans i vaig llençar-les a dins de l'embut. L'alemany m'expressava la seva temença que els ossos no li malmetessin la màquina. Però el mecanisme rutllava amb una continuïtat meravellosa. En un extrem, damunt d'un plat de puríssim esmalt blanc, s'anava apilotant la carn trinxada. Quan no va sortir-ne més, el xarcuter parà la màquina, recollí la carn dins una paperina de paper d'estrassa i me l'oferí amb una reverència.

Al carrer, poc abans d'arribar a casa, vaig trobar un gos famolenc que furejava un munt de deixalles. El vaig cridar, per fer-li l'ofrena de la carn trinxada. Va empassar-se-la amb dues grans mossegades i em dirigí una mirada d'agraïment que recordaré sempre.

Després, absolutament lliure, abans d'entrar a casa, vaig aspirar l'aire profundament. Mai com aleshores no m'he sentit tan saludablement bé, ni mai he tingut tan clara la consciència que viuré molts anys.

1936

EL GENI MAGIAR

El professor Micklas m'havia previngut:

— El nostre esperit nacional està impregnat de supervivències heroiques remotíssimes. Estic autoritzat per a afirmar que unim als meravellosos dots d'improvisació que tenen els llatins una major profunditat de previsió. A Budapest us acarareu sens dubte amb el sorprenent.

Agafant-me el braç, el professor m'acompanyava a través del seu museu, guardador de delicades sorpreses. Una vitrina tancava el cadàver d'un home; el professor va assenyalar-me un minúscul forat al front del mort.

— Per aquesta diminuta obertura va escapar-se la vida de dues persones...

— Dues morts per una sola ferida? Com?

— Un intricat fenomen de dualitat. És freqüent. L'absurd us l'estampa en plena cara, sense preocupar-se de donar explicacions. Coneixem l'existència del fet, però n'ignorem la raó.

Micklas era un excel·lent preparador de peces anatòmiques. Els trossos de carn humana, deformes i més aviat repugnants, adquirien sota les seves mans un to de mapa en relleu acolorit, amb la seva orografia i hidrografia, els petits accidents i la diversitat pintoresca de la terra vista des de les grans altures. Contemplant aquell museu d'anatomia, els meus coneixements geogràfics s'enriquien considerablement. És allí que vaig aprendre el sentit del curs dels rius, la descripció dels golfs i l'exacta conformació de les grans erupcions terràqüies.

La pulcritud del professor donava a les seves preparacions un aspecte comestible, prometedor de saboroses gormanderies. Davant d'una gran bombona de vidre, conservant la cuixa d'una pagesa de Moràvia (un cas rar de topografia muscular), vaig recordar l'elogi que em feia sovint un professor d'idiomes del *gigot,* plat nacional dels meridionals francesos. La idea de l'ebullició d'aquella carn txeca, envoltada de cebes a petits talls, naps i patates primerenques, m'omplí la boca de saliva, obligant-me a llepar-me els llavis.

— Ja em dispensareu, professor —vaig dir—, però les vostres preparacions m'obren la gana. La meva gana és imperiosa, tirànica; sota les seves envestides sóc una miserable persona sense control, amb una voluntat estantissa. Si no us haguéssiu d'ofendre...

— Comprenc el vostre cas i conec les reaccions. No sou pas vós el primer visitant que ret homenatge a la meva habilitat d'una manera tan delicada...

Micklas és un temperament fi. No puc comprendre com un home així, posseïdor d'un geni tan raonable, no hagi encertat encara la manera de projectar la seva fama més enllà de les fronteres del país. En el transcurs de quatre anys, he anat sis vegades a Budapest, i cada cop la meva primera visita ha estat per a ell. A cada viatge, he esperat trobar-lo convertit en celebritat definitiva, però la seva fixació a la caseta-museu d'Erzsebet Kornt sembla tenir arrels profundíssimes, arrapades àdhuc al desig de glòria.

Aquell dia va acompanyar-me polidament fins al carrer.

Això va passar-me en el transcurs del segon viatge a la capital hongaresa. Vivia en aquella època una crisi d'optimisme tan intensa que vaig estar a punt de tornar-me ximple. Entre altres interessants pràctiques m'exercitava a classificar i definir exactament l'olor de les grans ciutats, ciència negligida en desmesura que permeté al polonès gòtic Zdenek Capek la realització del llibre *L'ànima de les ciutats nòrdiques,* obra dissortadament ignorada dels nostres estudiosos, que podrien trobar-hi una font inexhaurible de suggeriments.

Budapest es rendia al meu olfacte d'una manera fina, obrint-me els sentits de bat a bat. Si la visita s'esqueia a la primavera, sortia de la capital hongaresa amb els narius dilatats com els d'un cavall minaire. Budapest fa sentor d'aigua timolada, amb èter barrejat a l'1 per 100. Aquesta apreciació personalíssima, vaig comunicar-la per primera vegada a un alemany fotògraf que havia residit durant molts anys a Budapest, i va contestar-me que "diferia" absolutament del meu criteri. Però més tard poguí comprovar que l'alemany tenia el paladar trossejat per l'ús abusiu de la mostassa anglesa i dels cogombres de Frankfurt.

M'agradava dilatar els meus passeigs per la gran ciutat magiar, la simpatia de la qual m'encomanava un aire trapella al qual jo mateix acabava per rendir-me. Enlloc com a Budapest no em sentia més despertes les meves facultats de galantejador, i això que la dona hongaresa m'ha fet sempre l'efecte d'anar disfressada de colador de cafè. Són impersonals, poca-soltes i terriblement intel·ligents.

Aquell dia, en sortir de casa el doctor Micklas, la meva gana artificial va diluir-se en el primer alè d'aigua timolada, i vaig rendir-me al meu epicureisme cosmopolita, lícit i inofensiu. ¿Qui no s'ha lliurat de ple al goig de retrobar el paisatge, després d'una llarga malaltia, quan en els inicis de la convalescència el metge us permet el primer passeig a l'aire lliure? Tot és bonic, nou, brillant, i penetreu a fons el veritable sentit de la vida. A Budapest sentia això; incorporat gairebé a la seva arquitectura i al seu tràfec, vaig iniciar un vagabundeig sense control, més enllà dels carrers que les postals fan familiars als turistes, i perillosament allunyat de la ruta de l'hotel; ben aviat els noms dels carrers van perdre el sentit per mi, esfumats fora del trosset de mapa de Budapest que tenia encastat a la memòria. Abans de consultar res a ningú, volia intentar orientar-me pel meu compte, i seguia brodant anades i vingudes sense solta per una sèrie de carrers totalment desconeguts. En un dels bruscs canvis de ruta, vaig trobar-me abocat a un meravellós espectacle: un carrer nou, però absurdament nou, amb la pasta de les cases que es pressentia encara tendra. Semblava un carrer d'exposició, o una maqueta monumental, on els fanals, provocativament coberts de plombagina, us oferien a primer cop d'ull un *made in Autriche* com una casa. No sé per què, el carrer em produí de seguida la impressió que tot ell existia sota el signe d'una gran afectació.

Això no obstant, la gent hi caminava amb molta desimboltura, sense participar gens de la meva perplexitat. Així com tot el carrer semblava fer comèdia, la gent respirava una gran naturalitat. Passejant els ulls amunt i avall de les façanes, vaig descobrir en un balcó elevat una noia de les que a mi m'agraden, que m'estava mirant fixament. Era fina com un maniquí de gran basar i amb uns colors d'estampa que enamoraven. Lluïa un *rimmel* rígid que convertia les seves pestanyes en una pinta espessa, i tenia la boca petita com un forat de pany, i uns ulls de color d'ostra que li devoraven les tres quartes parts de la cara. Tenia un cutis delicat, el contacte del qual havia de produir inevitablement unes grans esgarrifances. Vaig comprendre immediatament que es tractava d'una d'aquestes noies que ben administrades per un poeta donen un rendiment extraordinari. Pot fer l'efecte que descobria tot això amb una sola ullada, però no va ésser així; la noia va aguantar-me la mirada, sense parpellejar, durant prop de mitja hora, fins que un dolor agut al clatell m'obligava a rendir-me. La conquista se m'apareixia tan clara que, calculant a quina de les porteries correspondria la casa de la noia, vaig encaminar-m'hi.

Al llindar hi havia la portera, una dona d'edat, estàtica, endreçada, que asseguda feia mitja, amb una gàbia i un canari penjats enlaire, darrera seu, i un gat negre als peus. L'extraordinària immobilitat de la vella va fer-me suposar que dormia, amb aquesta facilitat que tenen els vells per a dormir profundament i dissimular-ho amb delicadesa. Primer, vaig procurar deixondir-la amb un copet a l'esquena, sense èxit, per la qual cosa vaig sacsejar-la per les espatlles. Però al primer sotrac va succeir quelcom horrible: un ull de la vella va desprendre-se-li de la seva òrbita i rebotant falda avall, fregant el cap del gat, va caure'm als peus fet a bocins. Era un ull de vidre. Anys abans, a Santander, va passar-me una cosa per l'estil amb una ballarina normanda.

Així i tot, el meu desconcert fou intens. Amb una reverència vaig collir els bocins de vidre més grossos i els oferia a la vella:

— Senyora...

El fet que no em fos tornada cap resposta m'inclinà a

suposar que la vella s'havia quedat balba de l'esbalaïment. Una compassió sobtada m'entendrí, i, creient complir un deure, vaig intentar posar-li un bitllet de banc a la mà, mentre calculava *in mente* el preu aproximat de l'ull ortopèdic. Però la vella va abandonar-me la mà, "absolutament" separada del seu canell tant com jo m'anava separant d'ella. Això em produí un eriçament de la pell, familiar, semblant al que he sentit cada vegada que, bayant-me al mar, una medusa se m'ha arrapat al clatell.

Tenia, doncs, entre les meves, una mà estrangera, una mà de pasta mal pintada, amb una agulla de fer mitja incrustada a perpetuïtat. La primer idea fou llençar-la lluny, però això va semblar-me poc polit, davant la vella, i, des del punt de vista de ciutadà de trànsit a Budapest, em va semblar incivil.

La comprovació que la vella era, de cap a peus, un ninot de pasta disfressat de portera, va aguditzar els meus dots d'observació, escassos per naturalesa i extraordinàriament divagadors. Vaig mirar la gàbia i el canari, i va resultar que aquest era de cotó fluix, amb un bec de cel·luloide encertadíssim. En un angle de la gàbia, una etiqueta mal esborrada deixava llegir encara el nom del fabricant. El gat era un animal dissecat, rosegat per les arnes en diversos punts de la seva pell.

Lligant caps, vaig deduir que devia haver-me introduït furtivament en un aparador. D'un moment a l'altre vindria un dependent i m'obligaria a quedar-me amb el maniquí que havia malmès. No obstant això, la naturalitat dels transeünts que desfilaven pel meu davant, i el seu aire absolutament normal, va deixar-me perplex.

A la vorera d'enfront, el rengle de porteries s'estenia disciplinadament de llarg a llarg, oferint cada una d'elles detalls molt naturals: el porter llegint el diari, assegut al llindar, la minyona festejant amb un caràcter sintètic lleugerament descolorit pel temps, la senyora vella distingida, vestida com una mona d'italià vagabund esperant el criat o el cotxe, amb aire de remugar malediccions, el nen de carrer llimant un dels fanals per la seva base, el topògraf municipal amb el seu teodolit i una colla de pals pintats a ratlles, auguri d'una general esventrada de carrer, el guardià de tràfic. emboscat astutament entre una vela de bar i una palmera de saló, a l'aguait de possibles contravencions, etc.

Els balcons oferien així mateix un bigarrat aspecte. En el d'un primer pis de persiana sincerament verda, hi havia fixada una *demi-vierge* amb quimono florejat; en un altre, una llevadora seca, de mans filiformes, amb la mirada aprofundida i gest de fura, conseqüències del séc professional; en un altre, un funcionari reumàtic, enganxant segells a l'aire lliure i aspirant profundament unes plantes tuberculoses, robant-los la poca salut que els quedava; en un altre, una festejadora tardoral de balcó, lassa de concentrar tota la seva força física i anímica a les mirades dirigides als barrets dels transeünts, amb l'intent de fer alçar el cap a llurs propietaris. Per si aquest feliç esdeveniment es produís, la festejadora havia lligat un tros de sac a la barana, per protegir els seus encisos a l'esguard d'un galant en situació privilegiada; però al sac hi havia retallat un gran forat amb tisoretes de brodar, que oferia a la curiositat pública un tros de cuixa decorada amb puntes al coixí, d'un model evidentment passat de moda.

Irresistiblement encuriosit, vaig dipositar la mà de cera a la falda de la vella i vaig traslladar-me a l'altra banda del carrer. A la porteria d'enfront, penjada enlaire, va cridar-me l'atenció una gàbia de marqueteria, amb dos estornells saltironant. Per un prodigi d'imprevisió, la porta de la gàbia estava oberta, i instintivament vaig disposar-me a reparar la incúria del seu propietari; però, en tocar la porta, un dels ocells va fer un espetec metàl·lic i sortí disparat gàbia enfora. Va caure darrera meu, amb un esquinç sota l'ala que deixava sortir una poderosa molla de rellotgeria. Sobtadament vaig comprendre que els porters, la minyona, el topògraf, el funcionari, el carter, la meva enamorada, la *demi-vierge,* etc., etc., eren, com la vella, artificials. Vaig concedir de seguida que l'artista autor d'aquells ninots havia de posseir un geni singular.

Un xicot de carn i ossos que contemplava el meu estupor amb posat sorneguer, comprenent-ne a ben segur l'origen, va collir una pedra cantelluda i apuntant el cap del funcionari filatèlic li engegà un tret encertadíssim, que li arrencà el nas de soca i arrel. El nas va rebotar unes quantes vegades pel carrer i s'aturà en una voravia; la tafaneria em mogué a collir-lo i vaig poder comprovar que aquella pasta era més reeixida que la del maniquí de la vella. Tenia un color i una consistència carnosos, i en el lloc on correponia la seva pintura amb la cara tenia un to sangonós. Vaig guardar-me'l a la butxaca, embolicat amb el mocador, proposant-me investigar degudament la composició. Després, la seguretat que els seus guardians no m'ho impedirien va fer-me entrar una gran tafaneria per comprovar si les cases d'aquell carrer eren tan artificials com llurs habitants. I, efectivament, les tals cases no tenien altra part que justifiqués el nom de casa que les façanes; a dins no hi havia res o més ben dit: de "dins", aquelles cases no en tenien. La façana neta i llampant, i prou.

Van acudir-se'm per a aquell fenomen urbanístic una colla d'explicacions més o menys poca-soltes, cap de les quals no em podia convèncer plenament.

Vaig recórrer als transeünts, cercant d'interrogar-los, però tots em rebien com m'hauria rebut un contrincant meu en unes oposicions, si li hagués preguntat prèviament com pensava menar-se les coses. És més: un policia m'aconsellà paternalment que deixés córrer el meu afany informatiu, que em guardés molt de parlar a ningú de les meves experiències en l'esmentat carrer, i em deixà entendre que el secret dels ninots i de les façanes artificials era un secret professional. En aquells moments va passar una caravana d'autocars amb turistes, alguns dels quals van afanyar-se a retratar aquell carrer tan nou i tan animat. "Infeliços!" —vaig pensar. Si ho sabessin...

Com que no podia renunciar a conèixer l'explicació, que pressentia interessant, vaig concloure que el meu gran amic el professor Micklas no sabria negar-me-la, i aquella mateixa tarda vaig tornar a visitar-lo.

D'antuvi, el professor va adoptar un aire greu, tractant de convèncer-me, ell també, que abandonés el meu propòsit d'assabentar-me d'una cosa que no havia de proporcionar-me cap benefici. Però com més obstacles trobava més creixia el meu interès, i vaig pregar tan porfidiosament, que el professor Micklas, després de fer-me jurar solemnement que mai, passés el que passés, no revelaria a ningú el que m'anava a confiar, em digué:

— En aquesta part de Budapest que heu visitat d'una manera fortuïta, s'hi van iniciar temps enrera unes reformes importantíssimes, iniciadores d'una nova estructura del perímetre ciutadà. Un personatge que ocupava en aquells dies una preeminent situació política va intentar aprofitar-se de les circumstàncies per a fer obrir el carrer de referència, reforma que valorava considerablement unes finques que l'esmentat polític posseeix en aquell barri. Però el nou carrer limita per una banda amb els immobles d'una gran companyia nord-americana, i per l'altra amb els d'un orde religiós molt puixant, els quals van pledejar i guanyar contra l'expropiació. Hom obtingué, de les expropiacions possibles, l'espai just per a obrir un carrer relativament estret, però només amb calçada i voreres, sense lloc per a les cases.

"Això no obstant, la tossuderia del personatge tirà endavant el projecte, i, un cop aquest realitzat, hom es trobà amb un carrer incomplet, estenent-se per entre dues altes parets brutes, que constitueixen la part posterior dels esmentats immobles. Aleshores s'esdevingué un canvi sobtat, que bandejà el governant de referència, però la cosa ja no tenia remei i la ciutat es trobava plantejada aquella vergonya.

"Per dissimular almenys als ulls dels forasters aquella feblesa, un arquitecte ideà bastir unes façanes artificials, per tapar les antiestètiques parets, idea excel·lentment acollida pel municipi i l'opinió pública, i que ha estat realitzada amb gran èxit. Per a donar al carrer un aire més desimbolt, hom encarregà a un reputat escultor de modelar unes figures per als balcons i les porteries, i, el bon resultat d'aquest conjunt, vós mateix l'heu pogut comprovar.

— Quina bestiesa! —se'm va escapar—. Però és admirable el vostre esperit de disciplina. Al meu país, un secret així seria escampat de seguida als quatre vents. I digueu: ¿Ningú no ha intentat malmetre-us o robar-vos els maniquins?

— No. En un dels balcons hi ha un home real que vigila, un funcionari, notable col·leccionista de segells, que té cura que...

No vaig deixar-lo acabar. Esgarrifat, vaig treure'm el mocador, a dins del qual hi havia el nas del funcionari, i vaig llençar-lo furiosament per la finestra.

1937

FEBLESA DE CARÀCTER

Un dia, trobant-me dormint com he dormit tantes i tantes vegades, va despertar-me un soroll que venia del meu despatx.

— Ja hi som! —vaig dir-me—. És el lladre.

Fi, caminant de puntetes, vaig guanyar la distància que em separava del lloc on algú m'espoliava. Allí hi havia un senyor desconegut, amb un sac, que triava aquelles de les meves coses que li feien més goig i les amuntegava en una pila.

— Ep! Parlem-ne... —li vaig dir.

Ell es va girar sense sobresalt ni sorpresa, em va mirar de cap a peus i respongué:

— No cal. Jo us guanyo. Així, calculant-ho a ull, peso uns vint quilograms més que vós. Aquest avantatge natural m'estalvia tota mena d'explicacions. Porteu armes?

— No.

— Raó de més.

I procedí a omplir el sac amb els meus béns, fent com si m'ignorés. Jo, com és de bona llei, no em vaig pas resignar:

— Però, home, això no és qüestió de força. Hi ha la moral, m'enteneu? Sense principis no anireu enlloc i tothom us mirarà de cua d'ull...

— La moral! —digué—. És el pes més inútil que pot carregar un home.

I, posant-se seriós de sobte, em preguntà:

— Que hi creieu de debò, en la moral?

— I tant, Mare de Déu, i tant!

Va rebre aquesta afirmació de la meva fe amb una gran contrarietat. Abandonà la seva feina, m'agafà pel braç i em convidà a seure al costat seu en un sofà.

I em dirigí les següents paraules:

— Mireu: em feu una mica de llàstima i vull que rebeu l'ajut de la meva experiència.

"Jo, temps passats, també em refiava de la moral. Era casat, tenia un fill, i un amic del cor, i un negoci. M'havia guanyat la fama d'ésser l'home més bo del barri i, per tant, també el més taujà. El meu confessor quan em veia ja tremolava, perquè la meva consciència neta no li donava ocasió de lluïment. "Que poc divertit que sou!", solia dir-me, i, per poders, em beneïa.

"De vegades, el meu tedi m'esgarrifava, però la pau de la meva llar, el bon nom de la família i la netedad de costums em feien companyia. "Aguanta't, noi, aguanta't —em deia—. Tot això tindrà el seu premi."

"I sabeu quin va ésser el premi? Ara us ho explicaré: un dia el meu fill, que acabava de fer catorze anys, va fugir amb la minyona. Esverat, vaig anar a cercar la meva dona per compartir la pena amb ella, i només vaig trobar una carta seva en la qual m'explicava que, cansada del meu ensopiment, se n'anava a viure amb un senyor del tercer pis, que ell sí que era simpàtic i sabia viure.

"Desfet, vaig decidir submergir-me en el negoci i al cap d'un parell de dies m'assabentava que el meu amic del cor, valent-se d'una maniobra comercial, me l'havia pres.

"Només em quedava el confessor. Vaig explicar-li el que em passava i sense pensar-s'hi gens em digué que tota la culpa era meva i em va posar una penitència d'aquelles que et deixen baldat.

"I el bon nom que tenia pel barri? Ja us ho diré: quan jo passava pel carrer, la gent es girava a mirar-me i reia.

"Com podeu comprendre, era un bon moment per a fer balanç de la meva vida i trobar que, fins aleshores, havia errat. No es pot anar contracorrent, i si hi vas en pagues les conseqüències. Això quedava tan clar que vaig decidir canviar de vida.

"Ara trobo que faig el que vull sense noses de consciència i tothom troba que estic tan bé. Les dones em sol·liciten, els coneguts proclamen la meva simpatia i els veïns, quan els vaga, diuen entre ells: "Ja ho veus, tan ase que semblava i encara farà carrera!"

"Això és tot. Si us pot servir d'alguna cosa, aquí ho teniu."

— Vinc amb vós! —vaig dir-li—. Em sabria molt de greu ésser víctima d'una decisió tardana.

L'endemà els diaris publicaven la següent notícia:

"Ahir de bon matí, els lladres entraren en un pis de l'avinguda Oriental. Entre altres objectes de valor, hom troba a faltar l'amo de la casa, ja que ningú no sap donar raó del senyor Calders, ciutadà honorable i contribuent de bons costums."

1941

RASPALL
(Conte infantil)

El dia que el "Turc" —un cadell de gos— es va menjar el barret del senyor Sala, la senyora Sala va decidir que allò ja ultrapassava tota mesura canina, que només una paciència de sant podia haver tolerat que les coses arribessin fins allí. Per tant, reunida que fou la família i demanat el parer de cadascú, hom acordà que la noia casada del jardiner es faria càrrec del "Turc" i el tindria a casa seva.

El nen Sala va tenir un disgust de mort. Li semblava que no trobaria la manera de portar més endavant la seva vida, que sense el gos tota cosa era fada i sense objecte. Passat el moment de les llàgrimes, el problema que se li va presentar era el de donar un destí honorable a la quantitat d'afecte que l'absència del "Turc" deixava vacant. Va provar de mirar-se amb uns altres ulls el canari de la seva tia, però podien fer-se tan poques combinacions realment divertides amb l'ocell que va veure de seguida que no passarien mai d'una superficial coneixença.

Aleshores imaginà que el llum de peu de la biblioteca era un fidel soldat que no tenia altra feina que servir-lo. Això li va donar la il·lusió, durant dues hores curtes, d'haver resolt el seu cas, però va comprovar que li quedava encara una terrible quantitat d'estimació perduda per tots els racons de la seva ànima. Provà d'establir una companyonia duradora amb una pilota de roba, amb un manyoc de cordill que, com a cordill, era únic en el seu tipus i, successivament, amb una baldufa americana, una herba nova del jardí i una canya llarga que havia fet l'enveja de totes les seves amistats. I va adonar-se que tot el coratge que havia posat en joc per tal de superar la situació no li servia de res, que la diferència entre totes aquelles coses i un gos era tan gran que no era possible jugar a oblidar-la. Aleshores, va arribar al convenciment que li calia trobar un substitut de gos, quelcom que, sense que la memòria del "Turc" en patís, pogués fer-ne la semblança.

Va recórrer la casa de dalt a baix, regirà tots els armaris i tots els calaixos i, finalment, en un racó de les golfes va trobar un gran raspall passat de moda, definitivament bandejat de les necessitats de la família. Aclucant els ulls, va passar-li la mà plana per damunt del pèl, i és ben de debò que va fer-li l'efecte que acariciava el llom d'un gos. Per ésser una primera prova va resultar tan bona, que el nen Sala va creure que no li calia cercar més. Va lligar-lo amb un tros de cordill i al cap de cinc minuts escassos estava ben lluny de creure que arrossegava un raspall, sinó que tenia el convenciment que "Raspall", un gos de raça estranya, el seguia amunt i avall de casa seva.

Al vespre, una mica cansat per la capacitat de seguiment del seu nou amic, el nen va anar-se'n a dormir, i abans de ficar-se al llit lligà "Raspall" a la pota d'una cadira. Però encara no s'havia acotxat que ja un entendriment obligador el feia pensar en la manyaguesa de "Raspall" i en la seva docilitat per a adaptar-se a qualsevol mena de joc. Va fer-li una mica de mal el pensament que hauria de passar la nit fermat, dormint damunt la fredor de les rajoles, i, seguint un impuls indominable, saltà del llit d'una revolada, alliberà "Raspall" de la seva lligadura i se l'emportà a dormir amb ell.

I mireu si passen coses extraordinàries a vegades, que molt abans d'adormir-se el nen va adonar-se que el raspall irradiava calor de vida, que es premia contra el seu cos cercant una carícia. Això, naturalment, li va semblar molt seriós, perquè una cosa és que hom jugui a convertir un raspall en un gos i una altra cosa ben diferent és que la transformació es produeixi de bo de veres. Va alçar-se, obrí el llum i comprovà esbalaït que el raspall, sense perdre gens ni mica la forma de raspall, es movia com un gos. Va saltar donant algunes voltes prop del nen i després va posar-se de panxa enlaire, per tal que l'amanyaguessin. Qualsevol que tingui notícia d'aquest prodigi es preguntarà que d'on podia treure potes per a caminar i panxa per a mostrar un raspall que seguís tenint forma de raspall. Però, vençuda la principal dificultat de donar-li vida, aquest detall està tan desproveït d'importància que ni val la pena d'amoïnar-s'hi.

El nen va considerar-ho així i tot seguit va tenir el desig d'anar a despertar els seus pares i explicar-los el meravellós esdeveniment. Però assenyat com era, i coneixedor dels miraments que un fill ha de tenir amb els seus pares, va decidir esperar l'endemà.

Queda ben entès, és clar, que no va poder dormir en tota la nit, i de bon matí, quan va sentir que la seva mare ja feinejava, va anar-la a trobar amb "Raspall" sota el braç.

— Mireu, mare —va dir-li—. He trobat un raspall que en realitat és un gos. Es belluga, coneix la meva veu i porta puces.

La mare se'l va mirar sense deixar la feina i li respongué:

— No siguis beneit i llença aquesta andròmina. Ja ets gran i hauries de tenir més seny.

El nen es va sentir ofès i va pensar una vegada més en l'aire de suficiència que tenen la gent gran i la seva manera absurda de viure. No digué res més, s'emportà "Raspall" a la seva habitació i pensà que, si no el volien creure, tot això es perdrien.

A l'hora de dinar la mare explicà, fent-ne burla, la descoberta del nen, i el pare va riure com si es tractés de la bajanada més gran de la terra. El nen no va replicar, perquè ja sabia que la justícia sempre s'obre camí, i esperava que, tard o d'hora, tothom podria comprovar que hi ha coses que no fan riure tant com sembla.

I mireu si anava poc errat que a la nit següent va despertar-lo un clapit de "Raspall". Va desvetllar-se i sentí soroll de baralla a la biblioteca i la veu del seu pare demanant auxili. "Raspall" furgava la porta i tenia un rar neguit; el nen obrí, baixà les escales de puntetes i va veure el seu pare barallant-se amb un lladre que el dominava i estava a punt de baldar-li el cap amb un ferro de la xemeneia.

— Busca'l, "Raspall", mossega'l!

"Raspall" va córrer com el vent, s'abraonà damunt del lladre i va mossegar-li la canyella. I el lladre es va quedar tan sorprès per l'agressió d'aquella mena de cosa, que va rendir-se de seguida i fou lliurat a la policia lligat de peus i mans.

Poc després, la mare afirmava amb llàgrimes als ulls que mai més no dubtaria de la paraula del seu fill, i el pare, passant la mà pel llom de "Raspall", deia:

— Li farem una caseta al jardí, amb tot el confort de les darreres descobertes. Damunt la porta, hi farem pintar unes lletres que diguin:

"No és segur que ho sigui, però mereixeria ésser-ho."

UN CRIM

Les memòries contenen sempre confessions doloroses, que posen a prova la sinceritat de l'autor. No he pensat mai a eludir-les i he esperat amb una certa impaciència el moment de poder explicar el perquè del meu crim i com va anar el procés.

Ningú no recordarà la notícia tal com aparegué als diaris, i, per evitar els inconvenients de l'oblit, la reprodueixo: "Repugnant assassinat a Reus" (a quatre columnes). "Una vella esberlada amb una destral" (a dues columnes). I a sota, amb lletra corrent i normal, la relació del succés: "Reus, tants de tants. —Un crim tenebrós ha omplert de consternació els veïns d'aquesta ciutat. Un senyor de Barcelona —el nom del qual la policia veda de divulgar— ha partit per la meitat la virtuosa senyora Purificació, molt coneguda i estimada. L'assassinat ha tingut lloc al Teatre Principal, durant el segon entreacte de l'obra *Amunt, germans,* que es representava de nits amb un gran èxit. L'assassí ha lliurat l'eina del crim (una destral de llenyater) als mossos de l'Esquadra, declarant al mateix temps que estava disposat a donar tota mena d'explicacions a la justícia. Seguiré informant. —El corresponsal."

Explicaré amb quatre paraules el mòbil del crim, per tal de dedicar més atenció al procés, que és el que em fa quedar bé. Resulta que durant set anys havia tingut relacions formals amb una noia de Reus, bonica i de bon veure. Aquella noia només tenia un parent, una tia vella que, havent de fer de pare i mare al mateix temps, era l'encarregada que hom li fes la petició de mà i de vigilar que jo no m'excedís.

Al cap de quatre dies ja volia saber quan pensava casar-me; jo li vaig dir que tenia en perspectiva un negoci d'olis a Barcelona i que esperaria que es posés bé per a fer un pensament.

Doncs bé: durant set anys vaig anar cada diumenge a Reus per festejar (són uns tres-cents seixanta diumenges). Agafava el tren de dos quarts de nou, arribava amb un pom de flors a casa d'ella, trucava a la porta, m'obria la senyora Purificació i em deia: "¿Encara no arrenca això dels olis, senyor Pere?" Després em passava tot el dia passejant amunt i avall de Reus amb la promesa i la tia, la qual aprofitava tots els buits de la conversa per a anar-me dient que a veure si m'espavilava, que el temps passava que era un gust i que ja hi havia qui murmurava.

Ja se sap com és el negoci d'olis. S'ha d'anar amb peus de plom, no es pot fer a la impensada i com més es deixa madurar millor. Van passar els mesos i va venir un moment en el qual la senyora Purificació em va desballestar els nervis i va passar allò que ja és sabut.

El dia del procés tothom es va presentar a fer el seu fet amb la gravetat que el cas requeria. L'acusador va prendre la paraula i va dir poc més o menys que jo era un criminal sense educació ni vergonya. Digué que jo havia procedit d'una manera freda, que havia pretextat unes vacances a Reus i que al segon dia d'ésser-hi comprava la destral a la ferreteria La Providència. Que després havia tingut la destral a l'hotel durant quatre dies, qui sap si mirant-me-la de tant en tant amb una mirada sàdica, i que, finalment, el dia del fet, havia convidat i acompanyat la víctima al teatre, portant la destral amagada sota la capa. Afegí que, segons testimonis, la senyora Purificació s'havia portat amb una gran mansuetud, sense donar motius que induïssin a l'assassinat, i que les seves darreres paraules ("Això dels olis, senyor Pere, sembla l'obra de la Seu") no contenien insult ni provocació. Acabà dient que la premeditació i nocturnitat feien més greu la meva acció, i demanà a la societat que em fos donada mort amb ignomínia.

El defensor no es va esverar gens. Serè, va repassar la sala amb una mirada ampla, i digué:

"Senyor jutge. Senyores i senyors: Ens hem reunit avui per disposar de la vida d'un home blanc, ciutadà de la nostra ciutadania, que no s'havia vist mai en un cas semblant. Mireu-lo: és endreçat, té una mirada dolça i l'aire net de les persones que no volen mal a ningú. Es veu de seguida que si ha arribat al crim és perquè no podia triar, perquè s'hi ha vist portat per un procés inexorable, amb un sol desenllaç possible.

"No hem de permetre mai més que un absurd de la nostra legislació cometi nous errors. La premeditació, senyors, en la majoria dels casos és un atenuant. (Rumors.) Només el criminal empedreït mata sense pensar-s'hi, perquè no té cap dubte moral a resoldre. L'aficionat, la persona que no hi té la mà trencada, quan ha de matar es baralla amb la seva consciència i la cosa s'allarga. 'Premeditació', diu la gent. Meditació, simplement, rectifico jo.

"Imaginem l'acusat arribat a Reus i experimentant alguna sensació que l'incita a matar. A cop calent, va i compra la destral; però és un home honest, passa els seus impulsos pel garbell de la bondat i deixa la destral abandonada a l'hotel.

"Després vénen uns dies dolorosos. Es mouen dins d'ell els dos coneguts impulsos. Un soliloqui l'obsessiona: 'La mato, no la mato, la mato, no la mato'. És un home bo, sap fer-se'n passar les ganes.

"En aquestes alternatives fa l'efecte que l'àngel bo domina; l'acusat sembla que arriba a la conclusió de dir-se: 'Bé, bé, deixem-ho córrer. Avui la convidaré al teatre i encara estarà contenta'.

"La convida, efectivament, però a l'hora de sortir de l'hotel per anar-la a recollir es recorda de la destral. 'Si te l'emportes —es diu— no et farà una nosa excessiva. I qui sap si encara et serà útil!' Apressat, sense temps de cavil·lar-hi massa, perquè és una mica tard, agafa la destral i se l'amaga sota la capa.

"Pel camí ja veu que l'eina més aviat el lliga de mans i li sembla mentida que mai hagi tingut la idea d'emportar-se-la. És possible que, neta com té l'ànima, arribi a imaginar un acudit: 'La destral no paga entrada. Que s'esbargeixi!'

"Veu el primer i el segon actes plàcidament. Abans de

començar el tercer acte, la víctima diu quelcom irreparable, definitiu, i l'acusat es troba la destral a les mans sense adonar-se'n. 'Ara sí', diu alçant la veu, segons els testimonis, i descarrega el cop.

"Això és tot. Quan un home de bona mena, sense antecedents penals i sense tares, en plena joventut, arriba a matar, és que deu tenir les seves raons, i nosaltres, en certa manera, no ens hi hem de ficar.

"La nocturnitat, senyors, és un altre atenuant. L'home honrat, quan ha de matar, se'n dóna vergonya i cerca que la nit el tapi. Al criminal nat, tant li fa. No té una mesura que li serveixi per a adonar-se de la seva maldat i mata sense pudor, a la llum del dia.

"L'acusat, senyors, ha dit públicament que no hi tornarà mai més. Qui som, nosaltres, per a dubtar de la seva paraula? Demano que sigui absolt lliurement." (Veus a la sala. "Àngela! Molt bé, molt bé!")

Em condemnaren només a pagar trenta pessetes per haver mancat a no sé quina llei d'espectacles públics. Però aquell mateix vespre ja era al carrer deixat anar, content de saber que una conducta recta sempre té premi.

1941

SUMARI

I. La imprevista certesa

II. Ver, però inexplicable

III. L'ESCENARI DESCONCERTANT

LES MILLORS OBRES DE LA LITERATURA CATALANA

Les obres i els autors més importants de la literatura catalana, clàssica i moderna, posats a l'abast de tots els lectors d'avui.

1 JOAN MARAGALL, **Elogi de la paraula i altres assaigs.**
2 SALVADOR ESPRIU, **Antologia poètica.**
3 JAUME ROIG, **Espill o Llibre de les dones.**
4 PRUDENCI BERTRANA, **Jo! Memòries d'un metge filòsof.**
5 ENRIC PRAT DE LA RIBA, **La Nacionalitat Catalana.**
6 JACINT VERDAGUER, **L'Atlàntida.**
7 NARCÍS OLLER, **Contes.**
8 ANÒNIM, **Curial e Güelfa.**
9 PERE CALDERS, **Cròniques de la veritat oculta.**
10 CARLES RIBA, **Clàssics i moderns.**
11 JOSEP CARNER, **Poesies escollides.**
12 JOSEP POUS I PAGÈS, **La vida i la mort d'en Jordi Fraginals.**
13 **Sainets del segle XIX.** A cura de Xavier Fàbregas.
14 AUSIÀS MARCH, **Poesia.**
15 MIQUEL LLOR, **Laura a la ciutat dels sants.**
16 JOSEP M. DE SAGARRA, **Teatre.**
17 CARLES BOSCH DE LA TRINXERIA, **L'hereu Noradell.**
18 MERCÈ RODOREDA, **Tots els contes.**
19 RAMON MUNTANER, **Crònica I.**
20 RAMON MUNTANER, **Crònica II.**
21 GABRIEL FERRATER, **Les dones i el dies.**
22 VALENTÍ ALMIRALL, **Lo Catalanisme.**
23 J. M. CASTELLET I J. MOLAS, **Antologia general de la poesia catalana.**
24 JOAQUIM RUYRA, **Jacobé i altres narracions.**
25 SANTIAGO RUSIÑOL, **L'auca del senyor Esteve.**
26 ÀNGEL GUIMERÀ, **Teatre.**
27 VÍCTOR CATALÀ, **Solitud.**
28 POMPEU FABRA, **La llengua catalana i la seva normalització.**
29 FRANCESC TRABAL, **Vals.**
30 JOSEP PIN I SOLER, **La família dels Garrigas.**
31 J. V. FOIX, **Antologia poètica.**
32 RAMON TURRÓ, **Orígens del coneixement: la fam.**
33 JOSEP PLA, **Contraban i altres narracions.**
34 EUGENI D'ORS, **La ben plantada / Gualba, la de mil veus.**
35 JOSEP FERRATER MORA, **Les formes de la vida catalana.**
36 RAMON LLULL, **Llibre de meravelles.**
37 JOAN PUIG I FERRATER, **Teatre.**
38 MANUEL DE PEDROLO, **Totes les bèsties de càrrega.**
39 EMILI VILANOVA, **Lo primer amor i altres narracions.**
40 MARIÀ VAYREDA, **La punyalada.**
41 BERNAT METGE, **Lo somni.**
42 JOSEP YXART, **Entorn de la literatura catalana de la Restauració.**
43 LLORENÇ VILLALONGA, **Bearn o la Sala de les Nines.**
44 JOAQUIM TORRES-GARCIA, **Escrits sobre art.**
45 SEBASTIÀ JUAN ARBÓ, **Terres de l'Ebre.**
46 CARLES SOLDEVILA / MILLÀS-RAURELL, **Teatre.**
47 **Romancer català.** Text establert per M. Milà i Fontanals.
48 NARCÍS OLLER, **La febre d'or. I.** La pujada.
49 NARCÍS OLLER, **La febre d'or. II.** L'estimbada.
50 JOAN ROÍS DE CORELLA, **Tragèdia de Caldesa i altres proses.**
51 SALVADOR ESPRIU, **Ariadna al laberint grotesc.**
52 JACINT VERDAGUER, **Canigó.**

53 Joan Fuster, **Indagacions i propostes.**
54 Martí Genís i Aguilar, **Julita.**
55 Joan Alcover, **Cap al tard / Poemes bíblics.**
56 Frederic Soler, **Teatre.**
57 Miquel S. Oliver, **L'Hostal de la Bolla / Flors del silenci.**
58 Josep M. de Sagarra, **Memòries, I.** Cendra i ànimes. La matinada.
59 Josep M. de Sagarra, **Memòries, II.** Entre Ariel i Caliban. Les fèrtils aventures. Dos anys a Madrid.
60 Prudenci Bertrana, **Contes.**
61 Guerau de Liost, **Antologia poètica.**
62 Josep Carner, **Les bonhomies i altres proses.**
63 Llorenç Villalonga, **Mort de dama.**
64 Santiago Rusiñol, **Teatre.**
65 Josep M. Folch i Torres, **Joan Endal.**
66 Josep Torras i Bages, **La tradició catalana.**
67 J. V. Foix, **Diari 1918.**
68 Gaziel, **Tots els camins duen a Roma.** Memòries I.
69 Gaziel, **Tots els camins duen a Roma.** Memòries II.
70 J. Carner, S. Espriu, J. Brossa, **Teatre.**
71 Joan Maragall, **Antologia poètica.**
72 Josep Pla, **El geni del país i altres assaigs.**
73 **Novel·les amoroses i morals.** A cura d'Arseni Pacheco i August Bover.
74 Eugeni d'Ors, **Glosari.**
75 J. Salvat-Papasseit / B. Roselló-Pòrcel / M. Torres, **Poesia.**
76 Bernat Desclot, **Crònica.**
77 J. Mestres / I. Iglésias / A. Gual / J. Vallmitjana, **Teatre modernista.**
78 Joan Puig i Ferreter, **Camins de França I.**
79 Joan Puig i Ferreter, **Camins de França II.**
80 Antoni Rovira i Virgili, **Nacionalisme i federalisme.**
81 Carles Riba, **Antologia poètica.**
82 Ramon Llull, **Llibre d'Evast e Blanquerna.**
83 Víctor Català, **Drames rurals / Caires vius.**
84 Carles Soldevila, **Valentina.**
85 Raimon Casellas, **Narrativa.**
86 Jaume I, **Crònica o Llibre dels Feits.**
87 Miquel Costa i Llobera, **Horacianes i altres poemes.**
88 Joan Sales, **Incerta glòria, I.**
89 Joan Sales, **Incerta glòria, II.** Seguida d'**El vent de la nit.**
90 F. Fontanella / J. Ramis, **Teatre barroc i neoclàssic.**
91 G. de Próixita / A. Febrer / M. de Gualbes / J. de Sant Jordi, **Obra lírica.**
92 Mercè Rodoreda, **Mirall trencat.**
93 **Antologia de contes catalans, I,** per Joaquim Molas.
94 **Antologia de contes catalans, II,** per Joaquim Molas.
95 **Teatre medieval i del Renaixement.** A cura de Josep Massot.
96 **Blandín de Cornualla i altres narracions en vers dels segles XIV i XV.** A cura d'Arseni Pacheco.
97 Pere Quart, **Poemes escollits.**
98 Francesc Eiximenis, **Lo Crestià.**
99 Joanot Martorell, **Tirant lo Blanc, I.**
100 Joanot Martorell, **Tirant lo Blanc, II.**
101 Pere Calders, **Ronda naval sota la boira.**
102 Pere Gimferrer, **Dietari (1979-1980).**
103 Jordi Sarsanedas, **Contes 1947-1969.**
104 Joan Vinyoli, **Antologia poètica.**
105 Avel·lí-Artís Gener, **Paraules d'Opòton el Vell.**

106 Oliver, Pedrolo, Benet i Jornet, Sirera, **Teatre.**
107 Maria Aurèlia Capmany, **Un lloc entre els morts.**
108 Marià Manent, **Dietari dispers (1918-1984).**
109 Joan Brossa, **Poemes escollits.**
110 Blai Bonet, **Míster Evasió.**
111 Jaume Vicenç Vives, **Notícia de Catalunya.**